ISEKAI MUNCHKIN

ISEKAI MUNCHKIN

BÂTON DE 3,30 MÈTRES :

Cet accessoire, conçu à partir d'une branche d'arbre, est bien pratique, notamment grâce à ses multiples fonctions. Il peut servir de canne pour avancer, d'instrument pour déceler les pièges et, avec un miroir fixé à son extrémité, il permet d'observer ce qui se passe dans un angle mort. D'ordinaire, un bâton de 3 mètres suffit pour partir à l'aventure, mais il est déjà arrivé que ces quelques trente centimètres supplémentaires parviennent à sauver la vie de certains aventuriers.

Chapitre 11 Une discussion autour de la divinité

FRR
FRR
CUI CUI

JAMAIS !!
GLOUPS
CUI ?!
ALLEZ ! TOUT CE QUE JE TE DEMANDE, C'EST D'ESSAYER ...
JUSTE PENDANT QUELQUE TEMPS...
IL N'EN EST ABSOLUMENT PAS QUES-TION !
NE SOIS PAS SI CATÉGO-RIQUE !
TU POURRAS TOUJOURS FAIRE MARCHE ARRIÈRE, QUAND CE SERA LE BON MOMENT...
GLOUPS
JE REFUSE !!

POURQUOI EST-CE QUE JE DEVRAIS VÉNÉRER UNE AUTRE DIVINITÉ ?!
DANS LA FAMILLE BROWNIA, NOUS SOMMES DES CHEVALIERS PALADINS QUI AVONS CHOISI, DEPUIS PLUSIEURS GÉNÉRATIONS, DE SUIVRE LURIA, LA DIVINITÉ DE LA JUSTICE, DE L'AMOUR ET DE LA CLÉMENCE !
ROBERT BROWNIA
GANTRUCK BROWNIA
ENDERCK BROWNIA
ILS N'ONT PAS L'AIR COMMODES, SES ANCÊTRES ...
NOUS ALLONS DEVOIR AFFRONTER UN DRAGON NOIR BIEN PLUS BALÈZE QUE NOUS TOUS RÉUNIS...
SANS COMPTER LES DISCIPLES QUI SE TROUVENT DANS CE TEMPLE DU MAL !
SI L'ON VEUT AVOIR UNE CHANCE DE VAINCRE CES ADVERSAIRES, IL VA NOUS FALLOIR OBTENIR LE SOUTIEN DE DIVINITÉS BEAUCOUP PLUS PUISSANTES, ET ESPÉRER RECEVOIR DE PRÉCIEUX AVANTAGES AU COMBAT, ET...
AVEC UN PEU DE CHANCE, DE L'AIDE POUR ÉLABORER NOTRE PLAN D'ATTAQUE ...

* N.D.T. : prêtres bouddhiques.

HAA...
CE GENRE DE BONUS EST PARFAITEMENT INUTILE AU COURS D'UN COMBAT.
LE POUVOIR DES "MAINS GUÉRISSEUSES" EST PLUTÔT EFFICACE POUR SOIGNER LES BLESSURES, MAIS COMMENT POURRAIS-JE L'UTILISER, MOI QUI N'AI QU'UN SEUL POINT DE VIE ?
JE POURRAIS PEUT-ÊTRE FAIRE UNE AUTRE PETITE MODIFICATION DANS CE PARAGRAPHE-LÀ...
FWISH
LURIA, DIVINITÉ DE LA
JUSTICE, DE L'AMO
ET DE LA CLÉMENC
TOUT CE QU'IL M'EST PERMIS DE MODIFIER DANS LE "GUIDE DU MONDE", CE SONT LES CAPACITÉS QU'UN PERSONNAGE ACQUIERT EN PROGRESSANT, LEUR RÉPARTITION ET LEUR STATUT.
BIEN SÛR, JE NE PEUX ÉVIDEMMENT PAS CHANGER LA CLASSE, L'ÂGE ET ENCORE MOINS LES CROYANCES D'UN MEMBRE DE MON ÉQUIPE.
CHARLOTTE VA DEVOIR PRENDRE CETTE DÉCISION TOUTE SEULE.
TU SAIS, JE TROUVE QUE LURIA EST UNE DIVINITÉ FORMIDABLE, POUR CE QUI EST DE FAIRE RÉGNER L'ORDRE ET LA JUSTICE, MAIS...
!

POUR ÊTRE TOUT À FAIT HONNÊTE... IL EST UN PEU RADIN DANS LA DISTRIBUTION DE SES BONUS !
ET POURTANT, J'AI BIEN REÇU MA "SAINTE ÉPÉE POURFENDEUSE DE DRAGONS" !
AH, OUI ! SA FAMEUSE ÉPÉE MAGIQUE, AVEC SES 2 POINTS DE BONUS ...
C'EST UNE ARME PLUTÔT EFFICACE POUR CEUX QUI N'ONT PAS ENCORE UN TRÈS BON NIVEAU, MAIS...
CHARLOTTE EST TELLEMENT FAIBLE PHYSIQUEMENT, QU'ELLE N'ARRIVE MÊME PAS À S'EN SERVIR !
BADOUM
HUM...
JE JURE SOLENNELLEMENT DE TERRASSER CE DRAGON TOUT EN CONTINUANT À VÉNÉRER LURIA, DIVINITÉ DE LA JUSTICE, DE L'AMOUR ET DE LA CLÉMENCE !!
ET JE REFUSE DE GLORIFIER UN AUTRE DIEU !
GR'R
GRR
ELLE NE CÈDERA PAS, HEIN ? BON...
JE N'AI PLUS LE CHOIX !

JE FAIS APPEL À TA GÉNÉROSITÉ…
S'IL TE PLAÎT !!
J'AI BESOIN DE TON AIDE, CHARLOTTE !
GLOUPS
ピクッ
RÉFLÉCHIS À TOUTES CES VIES QUE NOUS POURRIONS SAUVER…
ÇA NE SERA PAS LONG, PROMIS !
COMPÉTENCE DE CLASSE : POUVOIR DE PERSUASION +4 POINTS (EN COURS D'UTILISATION…)
…

JE... JE NE PEUX PAS ! VÉNÉRER UNE AUTRE DIVINITÉ, C'EST IMPOSSIBLE, POUR MOI ...
LUMILIA ! TU ME COMPRENDS, TOI, N'EST-CE PAS ?!
CHARLOTTE ! ÉCOUTE-MOI, S'IL TE PLAÎT...
FWIP
CHARLOTTE ?
FWIP
FWIP
CHAR...
CHUUT
FRR
FRR
ELLE A RÉUSSI À ME TENIR TÊTE JUSQU'À MAINTENANT ! CETTE FILLE EST PLUTÔT DÉCIDÉE...
BON ! C'EST VRAI QUE, D'HABITUDE, ON NE CHANGE PAS DE CROYANCE AUSSI FACILEMENT, MAIS...

FRR...
QUELLE DIVINITÉ DEVRAIS-JE VÉNÉRER, À VOTRE AVIS ?
ET MOI...
FLAP FLAP
MAIS... BIEN SÛR !
EN CE QUI TE CONCERNE, LUMILIA, TU PEUX CONTINUER À PRIER UNIS, LA DIVINITÉ DE LA FORÊT, MAIS...
LUMILIA ?!

JE TE CONSEILLE PLUTÔT DE TE METTRE À ADORER SHADA, LA DÉITÉ PROTECTRICE DES VOLEURS, QUI OFFRE UN BONUS CONSÉQUENT À TOUS CEUX QUI MANIPULENT L'ARC.
SHADA TE PERMETTRA DE PROGRESSER BIEN PLUS VITE DANS LES RANGS AU SEIN DE TA CASTE, EN PLUS DE T'OFFRIR LA POSSIBILITÉ D'ACQUÉRIR DES COMPÉTENCES ESSENTIELLES POUR PARTIR À L'AVENTURE.
SHADA, LA DÉITÉ PROTECTRICE DES VOLEURS.
CETTE DIVINITÉ, D'ALIGNEMENT CHAOTIQUE NEUTRE, GOUVERNE TOUS CEUX QUI SE CACHENT DANS L'OMBRE. SES TEMPLES SONT PEU NOMBREUX, MAIS BEAUCOUP DE GUILDES DE VOLEURS VÉNÈRENT CETTE DÉITÉ DANS LEURS CACHETTES. PARMI SES DISCIPLES, ON TROUVE AUTANT DE ROUBLARDS ET DE RÔDEURS QUE DE BARDES.
LES AVANTAGES ACCORDÉS AUX ADEPTES DE SON CULTE :
• CAPACITÉ À SE CAMOUFLER : +4 POINTS.
• CAPACITÉ À DÉJOUER LES PIÈGES : +2 POINTS.
• CAPACITÉ À RÉCOLTER DES INFORMATIONS : +2 POINTS.
• CAPACITÉ À ESQUIVER LES ATTAQUES : +1 POINT.
• BONUS POUR PRISE D'INITIATIVE : +2 POINTS.
• BONUS CONSÉQUENT LORS DE L'UTILISATION D'UN ARC OU D'UNE ARME BLANCHE : +6 %.
• LA TECHNIQUE DU "PAS DE GÉANT" PERMET DE S'ÉCARTER INSTANTANÉMENT DE PLUS DE 3 MÈTRES AU DÉBUT D'UN COMBAT.
LES ARMES DE LA FOI : DAGUE, RAPIÈRE, ARC ET ARBALÈTE.
CETTE DÉITÉ AURAIT ÉTÉ MON PREMIER CHOIX, SI CETTE SALETÉ DE NÉPHILIA CURSE NE M'AVAIT PAS INTERDIT DE CHANGER DE CULTE, AVEC TOUTES SES FICHUES RÈGLES !

J'AI COMPRIS...
JE CHOISIS DE VÉNÉRER SHADA.
HEIN ?!
TU...
TU ES SÛRE ? TU PEUX AUSSI CONTINUER DE PRIER LE DIEU DE LA FORÊT, TU SAIS...
MAIS OUI, LUMILIA !
RÉFLÉCHIS-Y ENCORE UN PEU, S'IL TE PLAÎT !
CUIII
HIIII
FLAP
FLAP
INUTILE...

UNIS, LA DÉITÉ SYLVESTRE ...
A REFUSÉ DE SAUVER LE VILLAGE DES ELFES ET L'A ABANDONNÉ À SON FUNESTE SORT !
TOUT CE QUI M'IMPORTE, DÉSORMAIS, C'EST ACQUÉRIR LA FORCE NÉCESSAIRE POUR TERRASSER CE MAUDIT DRAGON NOIR...
...

DANS CE CAS, J'ACCEPTE, MOI AUSSI ...
SI C'EST AU NOM DE LA JUSTICE, JE SUIS SÛRE QUE LURIA ME LE PARDONNERA !
CHARLOTTE ...
C'EST GAGNÉ !
JE NE PENSAIS PAS QUE LUMILIA ACCEPTERAIT DE SE CONVERTIR, ET...
ENCORE MOINS QU'ELLE PARVIENDRAIT À CONVAINCRE CHARLOTTE DE FAIRE DE MÊME !
TU ME PROMETS QUE C'EST TEMPORAIRE, HEIN ?

JURÉ !
TOUT RENTRERA DANS L'ORDRE LORSQU'ON AURA ÉLIMINÉ LE DRAGON.
BON, ALORS... QUELLE DIVINITÉ VAIS-JE DEVOIR SERVIR, À PARTIR DE MAINTENANT ?!
FLAP
FLAP
VOYONS...
すーすっ
FWISH
QUE PENSES-TU DE CELLE-CI ?

MALÉFICE, DÉESSE DE LA CRUAUTÉ.
DU PLUS PROFOND DES TÉNÈBRES DE L'ABYSSE, MALÉFICE, LA DÉESSE DE LA CRUAUTÉ, RÈGNE SUR TOUTES LES ÂMES DAMNÉES. SON ALIGNEMENT EST CHAOTIQUE MAUVAIS. CETTE DIVINITÉ SE DÉLECTE DU SANG, DE LA TYRANNIE, DE LA DUPERIE, DU CARNAGE ET DE TOUS LES MAUX PRÉSENTS DANS CE MONDE. SA CRUAUTÉ N'A D'ÉGALE QUE CELLE DÉVERSÉE PAR NÉPHILIA CURSE, EN QUI ELLE VOIT UNE RIVALE. PARMI SES DISCIPLES, ELLE COMPTE AUTANT DE CHEVALIERS MALFAISANTS QUE DE GUERRIERS SCÉLÉRATS, ET AUTRES BARBARES SANGUINAIRES. CEUX-CI SE SONT ORGANISÉS POUR FORMER UN CULTE DU MAL VÉNÉRANT CETTE DÉESSE DÉMONIAQUE.
LES AVANTAGES ACCORDÉS AUX ADEPTES DE SON CULTE :
• FORCE : +2 POINTS.
• CHARISME : +2 POINTS.
• INTELLIGENCE : -4 POINTS.
• CAPACITÉ À CONCOCTER UN POISON : +4 POINTS.
• BONUS CONSÉQUENT LORS DE L'UTILISATION D'UNE ARME BLANCHE : +12 %.
• DES SORTS DIVERS, TELS QUE "AURA MALÉFIQUE", "INVOCATION D'UN SERVITEUR DU MAL", OU ENCORE LE "CADEAU DE MALÉFICE", QUI PERMET DE FAIRE APPARAÎTRE PLUSIEURS BRAS DÉMONIAQUES (LEUR NOMBRE ÉQUIVAUT AU NIVEAU DU JETEUR DE SORT, QUI NE PEUT EN INVOQUER PLUS DE SIX).
LES ARMES DE LA FOI : CIMETERRE.
NOOOON!!

UNE... UNE DÉESSE DU MAL ?!
TU POURRAIS PEUT-ÊTRE FERMER LES YEUX POUR CETTE FOIS...
HORS DE QUESTION !!
FRR
FRR
TU ES CRUEL, YUKITO ! JE SUIS UNE FEMME PALADIN, ET TU VOUDRAIS M'OBLIGER À VÉNÉRER UNE DIVINITÉ MAL-FAISANTE ?!
TU DÉPASSES LES BORNES, LÀ !
HÉ ! CALME-TOI UN PEU ET ÉCOUTE-MOI !
LES AVANTAGES QUE TU GAGNERAS EN VÉNÉRANT MALÉFICE VONT TE RENDRE IN-CROYABLEMENT PUISSANTE.
TU POURRAS INVOQUER L'AURA MALÉFIQUE AUTANT DE FOIS QUE TU LE VOUDRAS ! LE SER-VITEUR DU MAL NOUS SERA SÛREMENT TRÈS UTILE, ET TU AURAS MÊME LA POSSIBILITÉ DE TE FAIRE POUSSER DES BRAS DÉMO-NIAQUES !
MAIS SURTOUT...

TU SERAS EN MESURE DE DÉBLOQUER UN GRADE AVANCÉ DANS TA PROPRE CASTE, CELUI DU "PALADIN DÉCHU"... ET TU DEVIENDRAS MÉGA PUISSANTE ! ROSINANTE AUSSI SERA REDOUTABLE, APRÈS AVOIR OBTENU LE MODE ZOMBIE !
LA MONTURE DU PALADIN DÉCHU : EN ATTEIGNANT LE NIVEAU 5, LE PALADIN DÉCHU PEUT AVOIR ACCÈS AU "DESTRIER DE L'ENFER". SAUF INDICATION CONTRAIRE, C'EST LE CHEVAL LE PLUS ATTACHÉ AU PALADIN QUI OBTIENT CE STATUT ET ACQUIERT ALORS LES CARACTÉRISTIQUES SUIVANTES :
• UNE "AURA MALÉFIQUE" INFINIE.
• LES AVANTAGES D'UN MORT-VIVANT IMMUNISÉ CONTRE TOUS TYPES DE POISONS/MALADIES ET NE POUVANT ÊTRE VICTIME DE MORT SUBITE, NI TOMBER DANS AUCUN ÉTAT CRITIQUE.
• CAPACITÉ À RÉSISTER AUX ATTAQUES À L'ARME BLANCHE (LES DÉGÂTS SONT RÉDUITS DE MOITIÉ).
• EN CONTREPARTIE, VULNÉRABILITÉ FACE AU FEU, À LA LUMIÈRE CÉLESTE ET AUX ARMES LOURDES.
NOOON ...
AAH...

NON... JE REFUSE !!
BAM
ばしーん
JE NE VEUX PLUS ENTENDRE TES IDIOTIES, YUKITO !
OUIIIN...
いやああぁあっ
JE... JE SUIS DÉSOLÉ, CHARLOTTE.
BON, QU'EST-CE QUE TU PENSES DE CELLE-CI ?!
ばっ
VLAN
?
SNIF
ぐすん

CLANG
FLORGAS, LA DIVINITÉ DE LA FURIE ET DE LA FORGE.
CE DIEU NAIN, D'ALIGNEMENT CHAOTIQUE BON, GOUVERNE TOUS LES GUERRIERS ARMÉS DE COURAGE. LE BRAS DROIT DE FLORGAS EST LA DÉFINITION MÊME DE LA FORCE PHYSIQUE BRUTE, ET LE MARTEAU QU'IL TIENT DANS SA MAIN LUI CONFÈRE UNE PUISSANCE SUFFISANTE POUR RÉDUIRE LA MOINDRE CRÉATURE MALÉFIQUE EN BOUILLIE. IL EST VÉNÉRÉ PAR TOUS LES COMBATTANTS, BARBARES ET AUTRES PERSONNAGES AIMANT LA BASTON EN GÉNÉRAL.
LES AVANTAGES ACCORDÉS AUX ADEPTES DE SON CULTE :
•FORCE PHYSIQUE : +2 POINTS.
•INTELLIGENCE : -1 POINT.
•ENDURANCE : +2 POINTS.
•EFFICACITÉ DE PROTECTION D'UNE ARMURE LÉGÈRE : +2 POINTS.
•LA "FURIE CÉLESTE" EST UNE ATTAQUE QUI NE PEUT ÊTRE ACTIVÉE QU'UNE SEULE FOIS PAR JOUR. DANS CET ÉTAT DE "COLÈRE DIVINE" (QUI DURE SEULEMENT LE TEMPS DE 1D4 TOURS), 2 POINTS BONUS SONT RAJOUTÉS À LA "FORCE PHYSIQUE" ET À LA "DEXTÉRITÉ", TANDIS QUE LES DÉGÂTS INFLIGÉS PAR N'IMPORTE QUELLE ARME SE VOIENT AUGMENTÉS DE 1D6 POINTS.
LES ARMES DE LA FOI : MARTEAU, ÉPÉE ET CHAÎNE À POINTES.
TU GAGNERAS EN FORCE PHYSIQUE ET TU SERAS ENFIN CAPABLE DE BRANDIR UNE ÉPÉE.
TU DEVIENDRAS AUSSI BIEN PLUS RÉSISTANTE FACE AUX ATTAQUES DE NOS ADVERSAIRES.
えええ
HEIN...
POUR COURONNER LE TOUT, L'ARME PRÉFÉRÉE DE CE DIEU, C'EST LA CHAÎNE À POINTES !

ALORS, T'EN PENSES QUOI ?
SI TU GAGNES EN MUSCLES, TU POURRAS MANI-PULER PLUS FACILEMENT TA "SAINTE ÉPÉE POURFENDEUSE DE DRAGONS", COMME ÇA... NON ?
う…うーん……
HUM...
ちら
ZIEUTE
ぐっ…
GLOUPS
C'EST BON... J'AC-CEPTE ! MAIS...
C'EST TEMPORAIRE... ON EST BIEN D'ACCORD ?
ÇA A MARCHÉ !!
くるっ
FWIP

LA "PORTE-AU-NEZ" : TECHNIQUE PSYCHOLOGIQUE CONSITANT À ASSAILLIR LA CIBLE DE PROPOSITIONS EXAGÉRÉES, AFIN QUE CELLE-CI FINISSE PAR ACCEPTER LA DERNIÈRE (CELLE VISÉE DÈS LE DÉPART) QUI LUI SEMBLE ALORS PLUS RAISONNABLE.
NIARK
EN GÉNÉRAL, CE SONT LES ESCROCS QUI UTILISENT CETTE MÉTHODE PEU GLORIEUSE, MAIS... JE VIENS DE CONSTATER QUE, GRÂCE À ELLE, MA CAPACITÉ DE PERSUASION A AUGMENTÉ DE 2 POINTS. C'EST UN PAS EN AVANT !!
AU FAIT, YUKITO... QUEL DIEU TU AS CHOISI DE VÉNÉRER, TOI ?
FLAP
GLOUPS
EUH... JE PENSE QUE JE VAIS PRENDRE AMARTIA, LA DIVINITÉ DE LA VERTU. GRÂCE À ELLE, JE VAIS SÛREMENT RÉCUPÉRER DES BONUS TRÈS INTÉRESSANTS POUR MES SORTS.
UNE SECONDE ! MON ALIGNEMENT VIENT D'ÊTRE MODIFIÉ... JE SUIS À PRÉSENT NEUTRE MAUVAIS ?!
MAIS POURQUOI ?!

ISEKAI MUNCHKIN

GUILDE DES AVENTURIERS.
SCRITCH
LA QUÊTE DU "ROI DES GOBELINS".

UNE HORDE DE GOBELINS A CHOISI D'ÉTABLIR SON REPAIRE DANS UN DONJON ABANDONNÉ, JUSTE AU SUD DE LA CITÉ D'ORBÉDA.
À CE QU'ON RACONTE, CES CRÉATURES DE L'ENFER FERAIENT DES RAIDS SUR LES VILLAGES VOISINS, ET ENLÈVERAIENT DES JEUNES FILLES POUR DES RITUELS DÉMONIAQUES.
DEUX ÉQUIPES D'AVENTURIERS SONT DÉJÀ PARTIES EN MISSION POUR LES ARRÊTER, MAIS AUCUNE N'EST REVENUE.

Chapitre 12 Le royaume des gobelins

VILLAGE D'ARDA.
BLA
BLA
DANS CETTE BOURGADE AUSSI, LES GARDES SONT NOMBREUX !
ÇA DOIT ÊTRE PARCE QUE LE FAMEUX DONJON EST TOUT PROCHE.

DES JEUNES FILLES SONT KIDNAPPÉES ET LIVRÉES À UN SORT FUNESTE...
EXACTEMENT COMME AU VILLAGE D'IDA.
C'EST VRAI...
CE MAUDIT DRAGON NOIR DOIT AVOIR UN LIEN AVEC CETTE BARBARIE...
N'OUBLIONS PAS LE TEMPLE DU MAL ET SES DISCIPLES !
OUI, TU AS RAISON.
DÈS QU'UN AVENTURIER ACCEPTE UNE MISSION, DES MARQUEURS APPARAISSENT SUR LA CARTE CONTENUE DANS LE "GUIDE DU MONDE" POUR L'AIGUILLER DANS SA QUÊTE.
VERS LA CAPITALE
PORT DE TÔREN
CITÉ D'ORBÉDA
PLAINE
VILLAGE D'ARDA
CITADELLE HOLD
DONJON ABANDONNÉ
VILLAGE D'IDA
FORÊT DES ELFES
ROUTE ROYALE
SI CETTE MISSION A VRAIMENT UN LIEN AVEC GARZOMAUG...
CHAÎNE DE MONTAGNES KUROGIRI
TEMPLE DU MAL

PEUT-ÊTRE QUE JE RETROUVERAI ENFIN SANA...
CLANG
JE NE TOLÈRERAI PAS PLUS LONGTEMPS QUE CES JEUNES FILLES SOIENT SACRIFIÉES !!
EN TANT QUE PALADIN AU SERVICE DE LA DIVINITÉ LURIA...
AH
ENFIN, JE VEUX DIRE... AU SERVICE DE FLORGAS, DIEU DE LA FURIE ET DE LA FORGE, MOI, CHARLOTTE, JE...
HMPF
FLAP
DES GOBELINS, HEIN ?
LE JOUR OÙ J'AI ATTERRI DANS CE MONDE, CHARLOTTE ET MOI AVONS ÉTÉ AGRESSÉS PAR UNE HORDE DE CETTE ESPÈCE. TU TE SOUVIENS ?
NIARK NIARK
HEUREUSEMENT QUE ROSINANTE ÉTAIT LÀ POUR NOUS SAUVER...

COMPARÉS AUX AUTRES MONSTRES, LES GOBELINS SONT DES CRÉATURES PLUTÔT INTELLIGENTES.
CERTAINS D'ENTRE EUX SONT MÊME CAPABLES DE JETER DES SORTS...
GOBELINS/CRÉATURES HUMANOÏDES DE PETITE TAILLE (CLASSE DES GOBELINS).
ALIGNEMENT : NEUTRE MAUVAIS.
CETTE "ETHNIE" RÉSIDE AUX FRONTIÈRES DU MONDE DES HOMMES. ISOLÉS, ILS SONT FAIBLES, CE QUI EXPLIQUE POURQUOI ILS SE BATTENT EN GROUPE. UN GOBELIN A NATURELLEMENT L'ESPRIT PERVERTI ET TOURNÉ VERS LE MAL. CES MONSTRES PRENNENT PLAISIR À TORTURER DES ÊTRES PLUS FAIBLES QU'EUX ET APPRÉCIENT RÉDUIRE HUMAINS ET NAINS À L'ÉTAT D'ESCLAVES.
LA DERNIÈRE FOIS, LA SITUATION ÉTAIT DIFFÉRENTE ET JE N'ÉTAIS PAS LE MÊME QU'AUJOURD'HUI, MAIS...
LÀ, C'EST MOI QUI VAIS LANCER L'OFFENSIVE !
MÊME SI ÇA RISQUE D'ÊTRE COMPLIQUÉ DE S'EN PRENDRE À UNE HORDE ENTIÈRE...
BON ! QUEL EST NOTRE PLAN D'ATTAQUE ?
ET SI...

ON LES BRÛLAIT VIFS ?
HEIN ?!
C'EST UNE PROPOSITION INTÉRESSANTE, MAIS IL Y A UN LÉGER PRO-BLÈME…
ÇA MARCHERAIT SÛREMENT SI LA FORTERESSE ÉTAIT EN BOIS, MAIS PUISQU'ELLE EST FAITE EN PIERRE, ÇA RISQUE D'ÊTRE COMPLIQUÉ !
PFF
BLAA
PFF
BLAA
BIEN SÛR, ON RÉUSSIRAIT À LES ENFUMER, MAIS ILS SORTIRAIENT TOUS D'UN COUP, ET ON SERAIT BIEN EMBÊTÉS.
BON ! ET SI ON LES NOYAIT, ALORS ?
IL N'Y A PAS DE RIVIÈRE ASSEZ LARGE À PROXIMITÉ DU DONJON, ET NOUS N'AVONS PAS LA PUISSANCE MAGIQUE NÉCESSAIRE POUR PROVOQUER UNE INONDATION DANS L'ENCEINTE.
?
ON POURRAIT ÉVIDEMMENT EMPOISONNER LEUR RÉSERVE D'EAU ET EN TUER AINSI UN CERTAIN NOMBRE, MAIS ILS SE METTRAIENT VITE EN ALERTE ET S'EN PRENDRAIENT AUX OTAGES.

ON VA D'ABORD DEVOIR PARTIR EN RECONNAIS-SANCE.
IL FAUT QU'ON SACHE COMMENT L'INTÉRIEUR DU DONJON EST ORGANISÉ.
TU VEUX QU'ON S'IN-FILTRE ?
PAS TOUT À FAIT...

WHOOSH
FIUT
FIUT
QUOI ?!
?!
HIC
BAM
C'EST QUOI, ÇA ?
Y A QUOI DANS CE SAC ?
POC
POC

PRENDS-LE !
ON VA AMENER LE SAC À L'INTÉRIEUR !

SCRITCH
TU FAIS QUOI, YUKITO ?
JE TRACE UN QUADRILLAGE.
?
コト
POC
BON...
BIEN...

HUMPF

ILS SONT EN TRAIN DE DÉPLACER L'OR...
20 MÈTRES EN HAUT...
SCRITCH
12 MÈTRES À DROITE, ET...
ENCORE 12 MÈTRES EN HAUT !
NOUS SAVIONS DÉJÀ QUE LEUR RÉSERVE DE NOURRITURE ÉTAIT SITUÉE 20 MÈTRES AU-DESSUS DE NOUS, ET...
UN PEU PLUS DE 10 MÈTRES SUR LA GAUCHE.
C'EST GRÂCE AU SORT DE "DÉTECTION D'OBJET" QUE J'AI JETÉ SUR LE CONTENU DE CE SAC.
DÉTECTION D'OBJET (SORT DE NIVEAU 2).
TEMPS D'ACTIVATION : UN SEUL COUP.
DISTANCE : LE CONTOUR DE L'OBJET EN LUI-MÊME.
PROCESSUS D'ACTIVATION : PRONONCIATION, GESTUELLE ET UNE PINCÉE DE LIMAILLE DE FER (CATALYSEUR).
DURÉE DU SORT : 1 HEURE/NIVEAU.
EFFET(S) : LA PERSONNE QUI A JETÉ LE SORT EST CAPABLE DE "RESSENTIR" L'ENDROIT OÙ SE TROUVE L'OBJET ENSORCELÉ. SI CE MÊME OBJET EST DÉPLACÉ, LA PERSONNE PEUT DEVINER À PEU PRÈS LA DIRECTION EMPRUNTÉE ET LA DISTANCE À LAQUELLE S'ÉLOIGNE LA CIBLE. TOUTEFOIS, LE JETEUR DE SORT NE POURRA PAS LOCALISER L'OBJET SI CE DERNIER EST ENTOURÉ DE PLOMB.

ILS ONT DÉPOSÉ NOTRE PAIN DANS LEUR RÉSERVE DE NOURRITURE…
NOTRE OR SE TROUVE MAINTENANT DANS LEUR COFFRE-FORT, ET…
NOS ÉPÉES À L'ARMURERIE.
À LA BASE, CE SORT SERT À LOCALISER, DE FAÇON PLUS OU MOINS PRÉCISE, DES OBJETS, MAIS…
SI JE PARVIENS À ME CONCENTRER ET À VISUALISER LEUR POSITION DANS MA TÊTE…
JE SERAI CAPABLE D'ÉTABLIR UNE CARTE DU DONJON.

ON EST AU MOINS SÛRS DE DEUX CHOSES ! D'ABORD, LES PASSAGES EMPRUNTÉS PAR LES GOBELINS NE COMPORTENT PAS DE PIÈGES... ET PUIS...
CES IDIOTS SE SONT EMPRESSÉS D'AMENER LA CORNE DE ROSINANTE À LEUR CHEF, PUISQUE C'EST L'OBJET QUI A LE PLUS DE VALEUR
HIIIN
NIARK
MAINTENANT, NOUS SAVONS...
SCRITCH

OÙ SE TROUVE LE ROI DES GOBELINS !
NOTRE ENNEMI EST À DÉCOUVERT !!

BAM
BAM
BAM
MOUAHAHA
CLANG
CLANG
BADONG
BADONG
VLAN

CLANG
?
CLANG
CLANG
?!
SLASH
CLANG

ISEKAI MUNCHKIN

Chapitre 13 > La prise du donjon

RAAAGH!!
CLANG
?!
C'EST QUI, ÇA ?
FWISH
CLING
CLING

SLASH
AAARGH
!

FWISH
SLASH
?

FUMÉE LÉGÈRE
POF
MAIN MAGIQUE (SORT MINEUR DE NIVEAU 0).
PROCESSUS D'ACTIVATION : PRONONCIATION.
DISTANCE : 6 MÈTRES + 1,5 MÈTRE/NIVEAU.
DURÉE : 1 MINUTE/NIVEAU.
EFFET(S) : CETTE INCANTATION PERMET DE CRÉER UN CHAMP DE FORCE PRENANT LA FORME D'UNE MAIN TRANSPARENTE, CAPABLE DE SOULEVER ET DE DÉPLACER N'IMPORTE QUEL OBJET EN DESSOUS DE 0,5 KILOGRAMME.
CRRR
DÉPÊCHONS-NOUS !

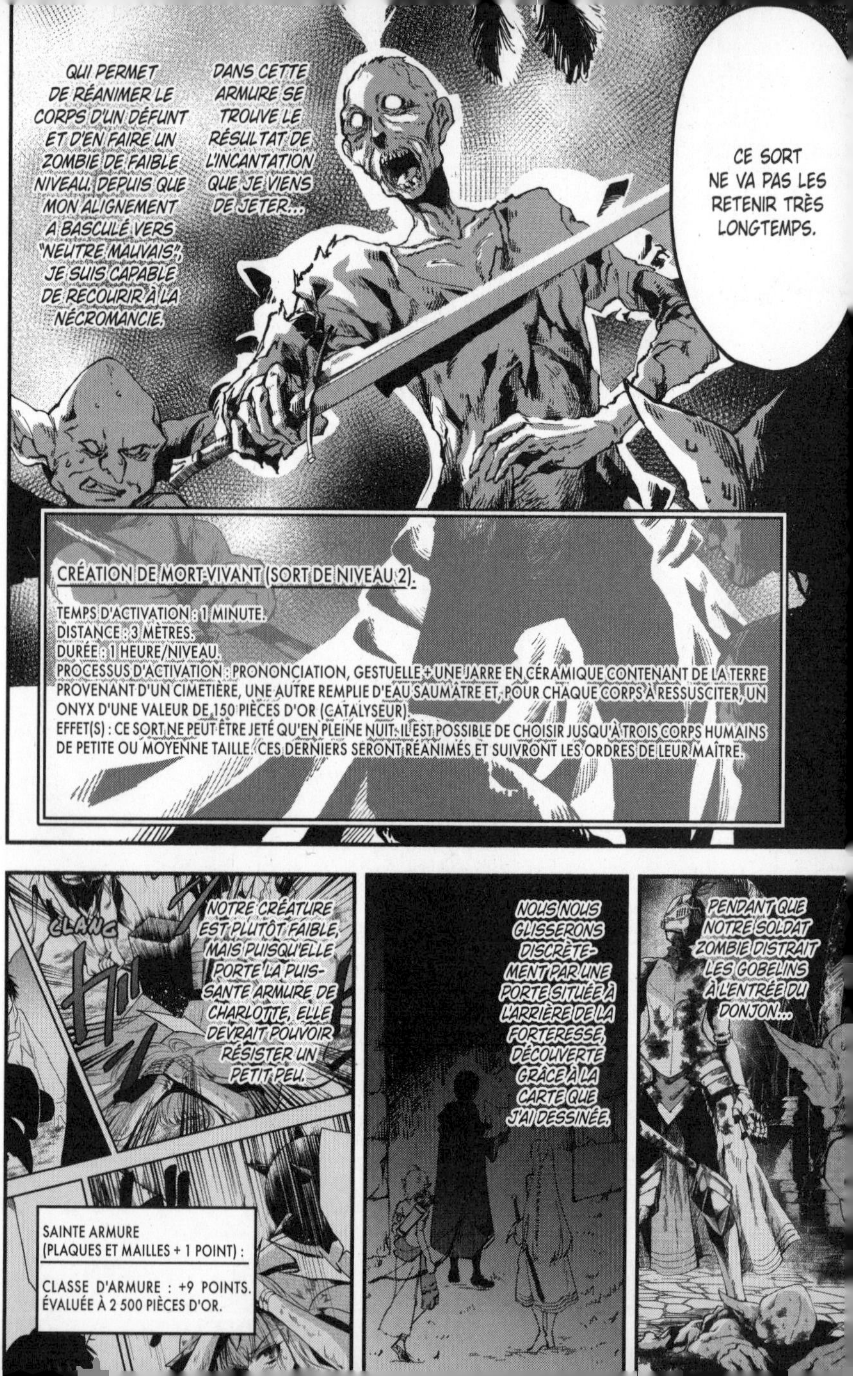
DANS CETTE ARMURE SE TROUVE LE RÉSULTAT DE L'INCANTATION QUE JE VIENS DE JETER...
QUI PERMET DE RÉANIMER LE CORPS D'UN DÉFUNT ET D'EN FAIRE UN ZOMBIE DE FAIBLE NIVEAU. DEPUIS QUE MON ALIGNEMENT A BASCULÉ VERS "NEUTRE MAUVAIS", JE SUIS CAPABLE DE RECOURIR À LA NÉCROMANCIE.
CE SORT NE VA PAS LES RETENIR TRÈS LONGTEMPS.
CRÉATION DE MORT-VIVANT (SORT DE NIVEAU 2).
TEMPS D'ACTIVATION : 1 MINUTE.
DISTANCE : 3 MÈTRES.
DURÉE : 1 HEURE/NIVEAU.
PROCESSUS D'ACTIVATION : PRONONCIATION, GESTUELLE + UNE JARRE EN CÉRAMIQUE CONTENANT DE LA TERRE PROVENANT D'UN CIMETIÈRE, UNE AUTRE REMPLIE D'EAU SAUMÂTRE ET, POUR CHAQUE CORPS À RESSUSCITER, UN ONYX D'UNE VALEUR DE 150 PIÈCES D'OR (CATALYSEUR).
EFFET(S) : CE SORT NE PEUT ÊTRE JETÉ QU'EN PLEINE NUIT. IL EST POSSIBLE DE CHOISIR JUSQU'À TROIS CORPS HUMAINS DE PETITE OU MOYENNE TAILLE. CES DERNIERS SERONT RÉANIMÉS ET SUIVRONT LES ORDRES DE LEUR MAÎTRE.
PENDANT QUE NOTRE SOLDAT ZOMBIE DISTRAIT LES GOBELINS À L'ENTRÉE DU DONJON...
NOUS NOUS GLISSERONS DISCRÈTE-MENT PAR UNE PORTE SITUÉE À L'ARRIÈRE DE LA FORTERESSE, DÉCOUVERTE GRÂCE À LA CARTE QUE J'AI DESSINÉE.
NOTRE CRÉATURE EST PLUTÔT FAIBLE, MAIS PUISQU'ELLE PORTE LA PUIS-SANTE ARMURE DE CHARLOTTE, ELLE DEVRAIT POUVOIR RÉSISTER UN PETIT PEU.
CLANG
SAINTE ARMURE (PLAQUES ET MAILLES + 1 POINT) :
CLASSE D'ARMURE : +9 POINTS. ÉVALUÉE À 2 500 PIÈCES D'OR.

AU DÉPART, CHARLOTTE N'ÉTAIT PAS TRÈS ENTHOUSIASTE À L'IDÉE DE PRÊTER L'ARMURE QU'ELLE AVAIT HÉRITÉE DE SA FAMILLE À UN CADAVRE, MAIS J'AI FINI PAR RÉUSSIR À LA CONVAINCRE.
いやあああ
NOOON !
COMPÉTENCE DE CLASSE : POUVOIR DE PERSUASION (SUCCÈS).
STOP !!
ヒタッ
STOP
CE CHEMIN N'APPARAÎT PAS SUR MA CARTE... ÇA VEUT DIRE QUE LES GOBE-LINS N'ONT PAS L'HABITUDE DE L'EMPRUNTER.

SAC SANS FOND.
FRR
CE SAC PEUT CONTENIR JUSQU'À 230 KILOGRAMMES EN POIDS, OU 1 800 LITRES EN VOLUME. PEU IMPORTE LA QUANTITÉ D'OBJETS QU'ON Y MET, LA SACOCHE NE SEMBLERA JAMAIS PESER PLUS DE 2 KILOGRAMMES POUR LE PORTEUR. LES CRÉATURES AYANT BESOIN DE RESPIRER PEUVENT TENIR UNE MINUTE DANS CE BAGAGE, MAIS AU-DELÀ, ELLES COMMENCENT À SUFFOQUER.
LE BÂTON DE 3,30 MÈTRES.
FWISH
TOC
TOC
TOC
PRATIQUE PENDANT L'EXPLORATION D'UN DONJON, IL PERMET DE DÉBUSQUER LES PIÈGES DANS CHAQUE PASSAGE ET RÉVÈLE DES MÉCANISMES SECRETS.
CLANG

KACHING
!
C'EST PAR LÀ !
TU EN ES SÛR ?

C'EST UN CUL-DE-SAC !
IL DOIT Y AVOIR UN PASSAGE SECRET QUELQUE PART.
FWAP
POTION D'INTELLIGENCE
DURÉE : 1 MINUTE.
EFFET(S) : LA PERSONNE QUI BOIT CETTE POTION VOIT SON "INTELLIGENCE" AUGMENTER DE 1D4 POINTS.

YUKITO... QU'EST-CE QUE TU FAIS ?!
ゴク
GLOU
GLOU
ゴク
ゴク
GLOU
ゴク
GLOU
カラン
CLANG
カラン
CLANG
ぷっはあ
POUAH

ÇA Y EST...
J'AI TROUVÉ !
BRR
BRR
YÛ...
YUKI-TO ?
BRR
BRR

TAP
TAP
TAP
TAP
YUKITO… TOUT VA BIEN ?
FWIP
GLOUPS
ZIEUTE
EUH…
IL Y A UN PROBLÈME ?
WHOOOP

PORTE SECRÈTE DÉTECTÉE !!
POF
?!
C'EST LÀ.
TOC

VRR
VRR
VRR
VRR
COMPÉTENCE DE VOLEUR : DÉTECTION DE PASSAGES SECRETS.
ELLE PERMET DE DÉCOUVRIR N'IMPORTE QUELLE PORTE CACHÉE DANS UN RAYON DE 3 MÈTRES AUTOUR DE SOI. POUR UNE OUVERTURE À PEINE DÉROBÉE : DIFFICULTÉ DE CLASSE 20. POUR UNE TROUÉE ASTUCIEUSEMENT DÉGUISÉE : DIFFICULTÉ DE CLASSE 21. POUR UN PASSAGE COMPLÈTEMENT DISSIMULÉ PAR LA MAGIE : DIFFICULTÉ DE CLASSE 25.
LE MUR S'EST OUVERT ! FANTASTIQUE !
ZIEUTE
BEUARK
C'EST BIEN PRATIQUE DE PERCEVOIR LES AUTRES DIMENSIONS, MAIS...
BOOSTER SON CERVEAU, ÇA NE DONNE FRANCHEMENT PAS LA PATATE...
POUAH
BEURK !!

PFF
COUIC COUIC
!
QUELLE FIN HORRIBLE...
QUI VA LÀ ?!
DASH
GRRR
DES HUMAINS ? JE VAIS VOUS TUER !!
ILS SONT DÉJÀ PARVENUS JUSQU'ICI ?!

FLOTCH
BOUM

DES ENNEMIS !!
RUSH
TUONS-LES !
RUSH
CHARLOTTE !!
J'Y VAIS !!

DASH
KACHING
TANT QUE CHARLOTTE RESTERA AU SERVICE DE FLORGAS, LE DIEU DE LA FURIE ET DE LA FORGE…
ELLE N'AURA PLUS LA POSSIBILITÉ D'UTILISER SES TECHNIQUES DE PALADIN, COMME "LE COUP DE POING DESTRUCTEUR DU MAL". TOUTEFOIS, EN CONTREPARTIE…
YA-AA-AA-AH !!

PRENDS ÇA ! AU NOM DE LURIA, EUH NON... DE FLORGAS !!
ELLE EST MAINTENANT CAPABLE DE MANIPULER À LA PERFECTION SA "SAINTE ÉPÉE MAGIQUE" ET SES 2 POINTS BONUS...
GRÂCE À CETTE "ARMURE" LÉGÈRE QU'ELLE A CHOISI DE PORTER, ET QUI LUI PERMET UNE LIBERTÉ DE MOUVEMENT IN-COMPARABLE !
CONCERNANT LA CLASSE D'ARMURE, ELLE CONSERVE À PEU PRÈS LES MÊMES POINTS QUE SI ELLE ÉTAIT RECOUVERTE DE PLAQUES DE MÉTAL.
REVÊTIR UNE CUIRASSE AUSSI LOURDE L'AURAIT PRI-VÉE DE SON EXTRÊME DEXTÉRITÉ !
NOUS AVONS MALHEUREUSEMENT DÛ RENONCER À EMMENER ROSINANTE, TRANSFORMÉE EN BERSERKER POUR UNE DURÉE DE 1D8 JOURS EN PUNITION DE CE CHANGE-MENT DE DIVINITÉ... MAIS DE TOUTE FAÇON, ELLE N'ÉTAIT PAS ASSEZ DISCRÈTE POUR CETTE MISSION D'INFILTRA-TION ET NOUS N'AURIONS PAS PU LA PRENDRE AVEC NOUS.

CHTOUM
CHTOUM
FLOTCH
FLOTCH
QUANT À LUMILIA, SA DEXTÉRITÉ AU TIR À L'ARC S'EST AMÉLIORÉE. LES COUPS INFLIGÉS À SES ADVERSAIRES ONT AUGMENTÉ DE 6 %, UN AVANTAGE NON NÉGLIGEABLE POUR UNE RÔDEUSE, ACCORDÉ PAR SHADA, DÉITÉ PROTECTRICE DES VOLEURS.

JE SUIS DÉSOLÉ POUR LURIA, ET ÉGALEMENT POUR UNIS, LA DIVINITÉ DE LA FORÊT, MAIS CETTE RECONVERSION ÉTAIT INDIS-PENSABLE.
AAARGH!!
CHTOUM
UN DE MOINS… PARFAIT !
POSITION ALLONGÉE :
CETTE POSTURE AUGMENTE LA DÉFENSE DE 4 POINTS BONUS LORS D'UNE ATTAQUE À DISTANCE, MAIS LUI EN FAIT AUSSI PERDRE 4 AU COURS D'UN AFFRONTEMENT RAPPROCHÉ.
CHARLOTTE ME PROTÈGE AUSSI EN MONTANT AU FRONT. AINSI, MA DÉFENSE AUGMENTE ENCORE DE 4 POINTS, CE QUI ME FAIT 8 POINTS DE DÉFENSE AU TOTAL. J'AURAIS OBTENU EXACTEMENT LE MÊME RÉSULTAT SI J'AVAIS PORTÉ UNE ARMURE LOURDE.

SI ON CONTINUE COMME ÇA, ON A UNE CHANCE DE LES VAINCRE !
...
HA
AU DÉPART, CETTE MISSION AVAIT POUR BUT D'AIDER LES FILLES À MONTER EN NIVEAU.
SI NOUS LA RÉUSSISSONS, ELLES DEVIENDRONT BIEN PLUS FORTES QU'ELLES NE LE SONT EN CE MOMENT.
Lv. 2 → Lv. 3
Lv. 1 → Lv. 2
DE MON CÔTÉ, PEU IMPORTE TOUT LE MAL QUE JE ME DONNE POUR GAGNER DE L'EXPÉRIENCE...
JE N'AURAI TOUJOURS QU'UN SEUL POINT DE VIE...
EN RÉSUMÉ, JE N'AI AUCUNE CHANCE DE M'EN SORTIR, SI CES DEUX-LÀ NE SONT PAS AVEC MOI !

J'AI VRAIMENT HONTE DE LA SITUATION DANS LA-QUELLE JE SUIS...
JE SUIS PATHÉTIQUE ...
REGARDEZ UN PEU MA FAÇON DE ME BATTRE !!

VOUS N'ÊTES PAS BLESSÉES, TOUTES LES DEUX ?
TOUT VA BIEN !
D'AUTRES GOBELINS RISQUENT DE RAPPLIQUER...
ON DEVRAIT SE DÉPÊCHER D'AVANCER !

LA SALLE DU TRÔNE DU ROI DES GOBELINS SE TROUVE PAR LÀ !

ISEKAI MUNCHKIN

Chapitre 14 > Des orques et des trolls

POF
GLOUPS
TRIII
TRIII
TRIII
TRIII
ÉCARTEZ-VOUS, TOUTES LES DEUX !!

BRAOUM
CHARLOTTE ! EN HAUT !!

CLANG
BAM
DASH
DASH
DASH
CLING
CLING
QUELLE PUISSANCE !!
GROAR
GROAR
GROAR

OGRES.
DES GÉANTS DE GRANDE TAILLE (ALIGNEMENT : CHAOTIQUE MAUVAIS).
CLASSE D'ARMURE : 11 POINTS.
POINTS DE VIE : 27.
VITESSE : 44 KILOMÈTRES/HEURE.
TRÈS COLÉRIQUES, ILS S'ÉNERVENT POUR UN RIEN ET ONT L'HABITUDE DE FAIRE ALLIANCE AVEC LES TROLLS ET LES DIFFÉRENTES RACES DE GOBELINS. CE SONT DE GRANDS GLOUTONS QUI ADORENT DÉGUSTER DES NAINS, DES ELFES ET DES SEMI-HOMMES. ILS ONT BEAU ÊTRE TRÈS ROBUSTES, ILS SONT ÉGALEMENT TRÈS STUPIDES, NE SACHANT MÊME PAS COMPTER CORRECTEMENT.
GROAR
GROAR
GROAR
TROLLS.
ÉGALEMENT DES GÉANTS DE GRANDE TAILLE (ALIGNEMENT : CHAOTIQUE MAUVAIS).
CLASSE D'ARMURE : 15 POINTS.
POINTS DE VIE : 36.
VITESSE : 33 KILOMÈTRES/HEURE.
ILS ONT LA RÉPUTATION D'AVOIR UN FÉROCE APPÉTIT ET SONT CAPABLES DE DÉVORER TOUT CE QU'ILS TROUVENT. LES TROLLS SONT SOUVENT VUS AU SERVICE D'ORQUES, D'OGRES ET AUTRES GÉANTS, AINSI QU'EN COMPAGNIE DE TROUPES DE GOBELINS. LES TROLLS POSSÈDENT UNE PUISSANCE RÉGÉNÉRATIVE INCROYABLE. AINSI, LORSQU'ON TRANCHE UN MEMBRE À UN DE CES INDIVIDUS, SON BOUT DE CHAIR CONTINUE À BOUGER COMME S'IL ÉTAIT ENCORE RATTACHÉ AU CORPS.
DES OGRES...
ET DES TROLLS ?!

J'AVAIS REMARQUÉ LA PRÉSENCE D'UNE PIÈCE SÉPARÉE DE LEUR RÉSERVE DE NOURRITURE, OÙ SE TROUVAIT UNE ÉNORME QUANTITÉ DE VIANDE.
JE ME SUIS ALORS DEMANDÉ SI LES GOBELINS N'ÉLEVAIENT PAS D'ÉNORMES BÊTES DOMESTIQUÉES, MAIS...
JE SAVAIS DÉJÀ QU'IL Y AURAIT DES CRÉATURES DE CETTE TAILLE DANS LES PARAGES ...
CEUX-LÀ FONT EN FAIT PARTIE DE LA GARDE ROYALE !
ILS DOIVENT RECEVOIR UNE CERTAINE COMPENSATION EN ÉCHANGE D'ASSURER LA SÉCURITÉ DU DONJON.
CE SONT DE FÉROCES ENNEMIS, BIEN PLUS PUISSANTS QUE LES GOBELINS !

CLANG
CRR
CRR
CRR
CRR
YAAAH !!
CRISP

GROAAR
POF
!
BADABOUM
BADABOUM
QUE...
FWISH
ooo

IL VIENT DE...
RATTACHER SON BRAS À SON CORPS ?!
WHOOSH
L'ATOUT PRINCIPAL DES TROLLS, C'EST CETTE FORMIDABLE CAPACITÉ DE RÉGÉNÉRESCENCE QUI LES REND INSENSIBLES À PRESQUE TOUTES LES BLESSURES MORTELLES...
IMPOSSIBLE... QUEL EST CET ÉTRANGE POUVOIR ?!
CE SONT DES ADVERSAIRES CORIACES, CAR DOUÉS DE RÉFLEXION, ÉGALEMENT.
UNE ELFE ...
IL Y A UNE ELFE !!

UNE ELFE...
ET DES HUMAINS ...
FLOTCH
GROAAAAR
BAM
BAM
BAM
PLOC
JE VAIS TE BOUF-FER ...
RAAAGH
RAAAGH
FE-MELLE !!

CRÈVE !!
C'EST LE MOMENT OU JAMAIS...

UN "ANIMAL DE COMPAGNIE" ?!
OUI ! SEULS LES DRUIDES ET LES RÔDEURS, QUI EMPLOIENT LES POUVOIRS DE LA NATURE, ONT LA CAPACITÉ DE DRESSER UNE BÊTE À LES SUIVRE DANS UNE MISSION...
LA CRÉATURE OBÉIT À SON MAÎTRE, TANT QUE SON NIVEAU RESTE INFÉRIEUR OU ÉGAL À CELUI DE SON PROPRIÉTAIRE !
DÈS LORS, UN LIEN PROFOND SE CRÉE ENTRE EUX, UN PEU COMME AU SEIN D'UNE FAMILLE, ET LA BÊTE LE SUIT PARTOUT AVEC FIDÉLITÉ, LUI APPORTANT SON SOUTIEN.
J'AI DÉJÀ EU CE GENRE DE CONNEXION AVEC UN ANIMAL...
DANS LE VILLAGE OÙ JE VIVAIS, IL Y AVAIT CETTE LOUVE NOIRE, HATTIE...
FLAP

C'EST ÉTRANGE... IL N'Y A AUCUNE MENTION DE CETTE LOUVE DANS LA FICHE DESCRIPTIVE DU PERSONNAGE DE LUMILIA !
PEUT-ÊTRE QUE SON ANIMAL S'EST FAIT TUER PAR GARZOMAUG LE MAUDIT...
SELON LES RÈGLES DE CE "GUIDE" LUMILIA POURRAIT OBTENIR UN NOUVEL ANIMAL DE COMPAGNIE, EN PRIANT AUX ABORDS DE LA FORÊT.
FLAP
FLAP
FLAP
BAM
BIEN ! ET SI NOUS CHOISISSIONS TOUS ENSEMBLE UN NOUVEAU COMPAGNON POUR LUMILIA ?
PARMI LES CANDIDATS POSSIBLES POUR UNE RÔDEUSE DE NIVEAU I...
AUTANT CHOISIR L'ANIMAL LE PLUS FORT !

POUR COMMENCER, NOUS AVONS L'OURS BRUN.
NIVEAU PHYSIQUE, C'EST PROBABLEMENT L'ANIMAL LE PLUS PUISSANT DE CETTE SÉLECTION, CAR IL EST CAPABLE D'ATTAQUER PLUSIEURS FOIS D'AFFILÉE, AVEC SES GRIFFES ACÉRÉES.
OURS BRUN.
SAUVAGE, DE TAILLE MOYENNE, SANS ATTRIBUT. CLASSE D'ARMURE : 11 POINTS (POUR LA FOURRURE). POINTS DE VIE : 19 (3D8 + 6). VITESSE : 44 KILOMÈTRES/ HEURES.
LA FORCE D'ATTAQUE DU BOA CONSTRICTEUR N'EST PAS TRÈS IMPRESSIONNANTE, MAIS IL PEUT IMMOBILISER L'ENNEMI EN S'ENROULANT AUTOUR DE LUI ET L'ÉTOUFFER DANS UNE PRISE MORTELLE.
CETTE TACTIQUE EST TRÈS EFFICACE CONTRE TOUS CEUX QUI UTILISENT LA MAGIE.
BOA CONSTRICTEUR.
SAUVAGE, DE GRANDE TAILLE, SANS ATTRIBUT. CLASSE D'ARMURE : 12 POINTS (POUR LES ÉCAILLES). POINTS DE VIE : 13 (2D10 + 2). VITESSE (SUR TERRE ET À LA NAGE) : 3 KILOMÈTRES/ HEURES.
BIEN SÛR, LE LOUP DES STEPPES EST LUI AUSSI PLUTÔT INTÉRESSANT.
LORSQU'IL RÉUSSIT SON ATTAQUE, IL PARVIENT À METTRE SON ADVERSAIRE À TERRE D'UN PUISSANT COUP DE PATTE.
LOUP DES STEPPES.
SAUVAGE, DE GRANDE TAILLE, SANS ATTRIBUT. CLASSE D'ARMURE : 14 POINTS (POUR LA FOURRURE ET LA DEXTÉRITÉ). POINTS DE VIE : 13 (2D8 + 4). VITESSE : 55 KILOMÈTRES/ HEURE.
UNE ACTION... SPÉCIALE ?

LE RAT GÉANT PEUT QUANT À LUI INFECTER SON ADVERSAIRE AVEC DIFFÉRENTES MALADIES, EN LE MORDANT AU COURS D'UNE ATTAQUE RÉUSSIE.
DIFFICILE DE PASSER À CÔTÉ DE L'UTILITÉ DE CETTE OFFENSIVE.
NI LA FACULTÉ DE CREUSER...
DU BLAIREAU !
NE NÉGLIGEONS PAS NON PLUS L'IMPORTANCE DE LA RECONNAISSANCE AÉRIENNE...
AVEC LE FAUCON !
MAINTENANT QUE J'Y PENSE, ROSINANTE FERAIT UNE EXCELLENTE CANDIDATE, ELLE AUSSI...
PFF... BIEN SÛR ! POUR QUI TU ME PRENDS ?
APRÈS TOUT, ELLE EST PLUS FORTE QUE TOUS CES MONSTRES SAUVAGES...
HMM うーん
BELETTE.
SAUVAGE, DE TOUTE PETITE TAILLE, SANS ATTRIBUT. CLASSE D'ARMURE : 13 POINTS (POUR LA FOURRURE ET LA DEXTÉRITÉ). POINTS DE VIE : 1 (1D4 - 1). VITESSE : 33 KILOMÈTRES/HEURES.

SCOUIIIC
SLASH
YUKITO ! CETTE BELETTE EST TROP MIGNONNE ...
PAS QUESTION !!
SES STATS SONT BEAU-COUP TROP FAIBLES !
BRR
BRR
SNIF
JE... EUH...
ÇA CRAINT !!
ET CELUI-CI ?
POC
GRÂCE À LUI, ON AURAIT UNE CHANCE DE VAINCRE LE DRAGON NOIR.

TYRANNOSAURUS REX.
SAUVAGE, DE TAILLE IMMENSE, SANS ATTRIBUT. CLASSE D'ARMURE : 21 POINTS. POINTS DE VIE : 136 (13D12 + 52). VITESSE : 55 KILOMÈTRES/HEURE. COMPÉTENCES : •MORDRE : DÉGÂTS DE 4D8 + 16 LORSQU'IL ATTRAPE SA VICTIME AVEC SA MÂCHOIRE. •DÉVORER (ATTAQUE SPÉCIALE) : 2D10 + 8 POINTS.
GROAAR
OH...
UN DINOSAURE ?!
JE ME DEMANDE S'IL PEUT ÊTRE DRESSÉ COMME UN ANIMAL DOMESTIQUE... ALORS, ILS N'ONT PAS DISPARU, DANS CE MONDE ?
JE VOUDRAIS VRAIMENT EN VOIR UN ! ÇA SERAIT TROP GÉNIAL ! MALHEUREUSEMENT...
BRR
BRR
BRR
DÉSOLÉ, LUMILIA... JE COMPRENDS QUE TU EN AIES ENVIE, MAIS LE PROBLÈME...
C'EST QUE TU N'AS PAS UN NIVEAU SUFFISANT POUR L'OBTENIR.
IL FAUDRAIT QUE TU SOIS AU MOINS NIVEAU 9...

PAS ÉVIDENT DE PRENDRE UNE DÉCISION...
HAAAAAA...
しょぼん...
SNIF
BON... LES STATS DU DINOSAURE, DANS LE CATALOGUE, SONT IMPRESSIONNANTES, MAIS...
ON NE POURRAIT PAS L'EMMENER AVEC NOUS DANS LE DONJON. C'EST IMPOSSIBLE !!
?!
ばっ
DAM

UNE SECONDE !!
ET SI... MAIS NON...
SCRATCH
SCRATCH
OU ALORS...
ÇA POURRAIT MARCHER !
ÉCOUTEZ-MOI, LES FILLES ! J'AI TROUVÉ...
LE "COMPAGNON" IDÉAL POUR DES MUNCHKINS COMME NOUS !
CROAAR
オオオオ

BAM
DOM
DOM
DOM
DOM
...

ISEKAI MUNCHKIN

UNE ELFE...
GRAB
JE VAIS TE BOUFFER !!
CRÈVE !!
C'EST LE MOMENT D'UTILISER MA "BOTTE SECRÈTE" !!
BAM

Chapitre 15 Notre compagnon de voyage

GROAAR
?!
ÇA CRAINT !!
VLAN
WHOOSH
...
BRAOUM
IMPOSSIBLE DE PRENDRE DE LA DISTANCE...
QU'EST-CE QU'ON FAIT, YUKITO ?

?!
YUKITO ?
POF
L'ARAIGNÉE GRIMPEUSE (SORT DE TRANS-FORMATION DE NIVEAU 1).
ÇA VA, VOUS DEUX ?!
PROCESSUS D'ACTIVATION : ÉCORCE D'ARBRE ET CADAVRE D'ARAIGNÉE (CATALYSEUR). DISTANCE : SON PROPRE CORPS. DURÉE DU SORT : 10 MINUTES / NIVEAU. EFFET(S) : L'UTILISATEUR DE CE SORT EST CAPABLE DE GRIMPER AUX MURS ET AU PLAFOND, MAIS DE S'Y DÉPLACER À UNE VITESSE RÉDUITE DE MOITIÉ PAR RAPPORT À SA VITESSE HABITUELLE. POUR POUVOIR LE DÉCOLLER DU MUR, SON ADVERSAIRE DEVRA RÉUSSIR UN JET DE FORCE ÉQUIVALANT À SON NIVEAU ACTUEL + 15 POINTS.
C'EST PAS PASSÉ LOIN... JE RISQUE DE MOURIR RIEN QU'EN ÉTANT TOUCHÉ PAR LE MOINDRE ÉCLAT !
PFF...

JE VOULAIS D'ABORD ÉLIMINER LES OGRES, MAIS BON, TANT PIS…
C'EST LE MOMENT, LUMILIA ! VAS-Y !
ゴソ
FRR
!
はしっ
GRAB
ギョロッ
FWISH
ズル
SLURP
ズル
SLURP

"ANIMAL DE COMPAGNIE"...
LA PIEUVRE !!
PIEUVRE : CRÉATURE AQUATIQUE SAUVAGE, DE PETITE TAILLE, SANS ATTRIBUT. INITIATIVE : +3 POINTS. CLASSE D'ARMURE : 16 POINTS (DANS L'EAU)/ 11 POINTS (SUR TERRE). POINTS DE VIE : 11 (2D6 + 4). ATTAQUES : MORSURE (1D6 + 2) ÉTOUFFEMENT (1D4 + 1). VITESSE : 5,5 KILOMÈTRES/ HEURE SUR TERRE 33 KILOMÈTRES/ HEURE DANS L'EAU. SPÉCIALITÉ : ELLE PEUT CRACHER DE L'ENCRE JUSQU'À HUIT FOIS D'AFFILÉE.
ズ
ルーノ
SLURP
Faites que son corps et ses tentacules grandissent et deviennent encore plus résistants !
スッ
FWISH
パ
POF
ZOOM
ZOOM
ZOOM
グワ

HYPERTROPHIE (SORT DE TRANSFORMATION DE NIVEAU 2).
PROCESSUS D'ACTIVATION : PRONONCIATION, GESTUELLE ET UN PEU DE FARINE DE CÉRÉALES (CATALYSEUR). DISTANCE : 6 MÈTRES + 1,5 MÈTRE/NIVEAU. DURÉE : 1 TOUR/NIVEAU (CONCENTRATION NÉCESSAIRE).
EFFET(S) : L'UTILISATEUR DE CE SORT EST CAPABLE D'AUGMENTER LA TAILLE ET LE POIDS DE N'IMPORTE QUELLE CRÉATURE DANS SON CHAMP DE VISION. CELLE-CI VOIT ALORS SON VOLUME SE MULTIPLIER PAR 1,5 ET GAGNE 2 POINTS DE BONUS EN "FORCE". EN REVANCHE, CE SORT NE MODIFIE EN RIEN LES POINTS DE VIE, DE CLASSE D'ARMURE, NI LES BONUS D'ATTAQUE. IL PEUT ÊTRE ANNULÉ PAR LE SORT "ATROPHIE".
GROAAR

JE COMPTE SUR TOI, LUMILIA !!
TIP
TAP
FWISH
EN AVANT...
MANAGARUM !!
HIIIIII
SPLOF
SPLASH

RAAAGH
じたばた
ROLL
ROLL
SUPER !
LA PIEUVRE EST UN ANIMAL MARIN, MAIS ELLE EST CAPABLE DE SURVIVRE SUR TERRE PENDANT CINQ MINUTES.
ズル SLURP
ズル SLURP
ELLE SE DÉPLACE TRÈS LENTEMENT, MAIS AVEC SES TENTACULES, ELLE PEUT ATTEINDRE TOUT CE QUI SE TROUVE DANS UN RAYON DE 3 MÈTRES.
TU ES FORMIDABLE, LUMILIA !
ALORS QUE LA PLUPART DES ANIMAUX SONT INCAPABLES DE RESPIRER, LORSQU'ILS SONT PLACÉS DANS LE SAC SANS FOND...
LA PIEUVRE, ELLE, PEUT Y ÊTRE TRANSPORTÉE PENDANT QUELQUES HEURES, SI ELLE EST D'ABORD PLACÉE DANS UNE JARRE À SA TAILLE, REMPLIE D'EAU DE MER.

HMPFF
HMPFF
GROAR
BOUM
GROAR
BOUM
SUP
SUP
AVEUGLEMENT :
LES CRÉATURES AYANT PERDU LA VUE AU COURS D'UN COMBAT VOIENT LEUR VITESSE DIMINUER DE MOITIÉ (CHIFFRE ARRONDI À L'UNITÉ INFÉRIEURE) ET PERDENT 4 POINTS LORS DE LEUR JET D'ATTAQUE. CONCERNANT LEUR CLASSE D'ARMURE, ILS N'ONT PLUS DROIT AUX POINTS BONUS ATTRIBUÉS À LEUR "DEXTÉRITÉ".
DOOM
VLAN
!
SALE ELFE...
JE VAIS TE BOUFFER !!

ガキィン
CLANG
COMME SI T'AVAIS UNE CHANCE !
ブチッ
GRRRR

RAAAGH
RAAAGH
BRR
BRR
BRR
ON VA BOUFFER CETTE ELFE !!
LES HUMAINS AUSSI !
DASH
BOUFFONS-LES TOUS !!

BRAOUM
CHARLOTTE !!
CETTE FILLE N'EST PAS ENCORE ASSEZ FORTE POUR AFFRONTER UN OGRE ENRAGÉ TOUTE SEULE, MAIS ...
JE N'AI PAS LE TEMPS DE L'AIDER... IL FAUT À TOUT PRIX QUE JE NOUS DÉBARRASSE DE CES TROLLS ET DE LEUR POUVOIR DE RÉGÉNÉRATION !
FRR
JE VAIS DEVOIR TE DEMANDER DE RÉSISTER UN PEU PAR TES PROPRES MOYENS, CHARLOTTE !
MANAGARUM !
FLAP
CLANG
CLANG
SLURP

COMPÉTENCE LORS D'UNE ATTAQUE : "MAÎTRISE PARFAITE DE LA DAGUE".
OH !
NORMALEMENT, LES CRÉATURES SAUVAGES NE RETIENNENT AUCUNE TECHNIQUE DE COMBAT. MAIS EN VÉRIFIANT DANS LE "GUIDE DU MONDE", J'AI CONSTATÉ QU'IL Y AVAIT UNE LIGNE VIDE DANS LA FICHE DESCRIPTIVE DES CARACTÉRISTIQUES DE MANAGARUM, ALORS JE L'AI COMPLÉTÉE ET IL A PU APPRENDRE LE MANIEMENT DE LA DAGUE.
J'AVAIS MÊME ENVISAGÉ L'IDÉE DE LUI APPRENDRE À UTILISER LA CHAÎNE À POINTES, HISTOIRE D'EN FAIRE UN MONSTRE DE PLUS DE SIX MÈTRES DE LONG...
FINALEMENT, J'AI COMPRIS QUE...
POUR VAINCRE DES ADVERSAIRES D'UNE TAILLE AUSSI IMPRESSIONNANTE, LA DAGUE ÉTAIT BIEN PLUS EFFICACE QUE LA CAPACITÉ DE RALLONGER SES TENTACULES.

BOUM
BOUM
BOUM
GROAAAAR
EN ÉCHANGE D'UNE PÉNALITÉ SUR SON JET D'ATTAQUE…
LA PIEUVRE A LA CAPACITÉ DE DÉPLOYER TOUTE SA FORCE AU COURS DE HUIT RIPOSTES MAXI-MUM D'AFFILÉE… POUR UN ANIMAL DE CE NIVEAU, IL S'AGIT D'UN AVANTAGE NON NÉGLIGEABLE !!

SLASH
SLASH
!
WHOOSH
BOUM
PLOC

ニタァ
NIARK
はしっ
VLAN!

BAM
HIIII
HIIII
?!
スススー
FWISH
C'EST UN POISON PARALYSANT !
L'ARSENIC EST BEAUCOUP MOINS CHER QUE LES AUTRES SUBSTANCES MAGIQUES !
J'AI DONC ENDUIT TOUTES NOS DAGUES AVEC DIFFÉRENTES TOXINES, IMAGINANT QUE ÇA NOUS SERAIT UTILE DANS CE GENRE DE SITUATION.

FRR
FRR
FRR
LA CAPACITÉ D'ATTAQUE DE LA PIEUVRE N'EST PAS TRÈS IMPRESSIONNANTE, MAIS LORSQU'ELLE LANCE HUIT ASSAUTS SUCCESSIFS AVEC DES DAGUES EMPOISONNÉES, IL EST QUASIMENT IMPOSSIBLE DE LUI RÉSISTER.
LE MEILLEUR MOYEN D'UTILISER SES NOMBREUX TENTACULES À BON ESCIENT ÉTAIT DONC DE LUI FOURNIR CES ARMES PIÉGÉES.
ZIEUTE
?
TIP カサ
TAP カサ
ÇA VA ÊTRE DUR POUR LUI DE RESTER PLUS LONGTEMPS SUR TERRE ! TU DEVRAIS LE REMETTRE DANS SA JARRE.
FWISH よじ
FWISH よじ
RENTRE LÀ-DEDANS, MANAGARUM.

TU AS ÉTÉ TRÈS COURAGEUX, MANAGARUM !!
PAT PAT
なでなで
HIIIII
ぱあああ
GENTIL GARÇON, GENTIL !
ALLEZ, RENTRE VITE !
GRIP GRIP
キューキュー
POUF
ぴとっ
!
DOOOM
ゴゴゴ

BRAOUM
!
CHARLOTTE !!
HAA...
HAA...
SOYEZ PRUDENTS, TOUS LES DEUX !
CLANG

GRRRR
イウウ

ISEKAI MUNCHKIN

CRAAC
CRAAC
CRAAC
FLAP
FLAP
JE TUE LES HUMAINS ...
PUIS, JE ZIGOUILLE L'ELFE !

JE VAIS TOUS VOUS CREVER !!
VOUS ALLEZ MOURIR !!

METTEZ-VOUS À L'ABRI !
MAIS, CHARLOTTE... TU ES SÛRE DE POUVOIR T'EN SORTIR TOUTE SEULE ?
GRRR
GROAAR
BAM

BRAOUM
VLAN
MOUAHAHA
...
CHAR...

CHARLOTTE!!
DASH
FIUT

GROAAR
VLAN
PAF
GRRR
SALE ELFE... JE VAIS TE BOUFFER !!
BAM
Créature de l'enfer...
Tu vas immédiatement plonger dans un sommeil paisible !

Repos !!
FLOP
REPOS (SORT DE NIVEAU 1).
PROCESSUS D'ACTIVATION : PRONONCIATION, GESTUELLE ET UNE PETITE QUANTITÉ DE LAINE (CATALYSEUR).
DISTANCE : 6 MÈTRES + 1,5 MÈTRE/NIVEAU.
DURÉE DU SORT : 1 MINUTE/NIVEAU.
EFFET(S) : CETTE INCANTATION PERMET DE PLONGER DANS UN SOMMEIL MAGIQUE TOUTES LES CRÉATURES SE TROUVANT DANS UN RAYON DE 6 MÈTRES. CELLES-CI SE RETROUVENT ALORS SANS DÉFENSE ET NE PEUVENT ÊTRE RÉVEILLÉES PAR AUCUN BRUIT HABITUEL.
LA CLASSE DES MORTS-VIVANTS EST COMPLÈTEMENT INSENSIBLE À CE SORT.

うと…
BLOUP

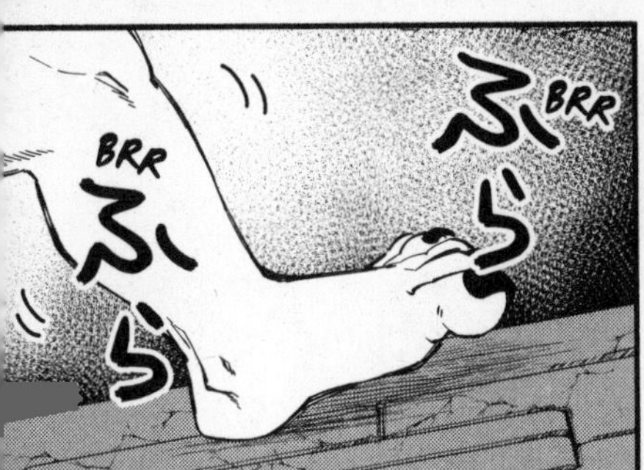
ふら
BRR
ふら
BRR

カサ
TIP
カサ
TAP
NE PERDONS PAS DE TEMPS ! IL FAUT QU'ON AILLE AIDER CHARLOTTE ...
OUI.
BAM
!
ZOOM
...
IL EST COSTAUD !
EN VÉRITÉ, C'EST SURTOUT MOI QUI NE SUIS PAS ENCORE CA-PABLE DE LANCER DES SORTS PUIS-SANTS, ÉTANT À LA FOIS SORCIER ET VOLEUR, PUISQUE J'AI CHOISI DE COMBINER DEUX CLASSES...
PAS ÉTONNANT QU'IL ARRIVE À ME RÉSISTER AUSSI FACILE-MENT...
JE DOIS DONNER CETTE POTION À CHARLOTTE ...
CHTOUM

GRR
La marque des chasseurs.
LA MARQUE DES CHASSEURS : SORT DE NIVEAU 1 CHEZ LES RÔDEURS.

PROCESSUS D'ACTIVATION : PRONONCIATION. DISTANCE : 30,5 MÈTRES MAXIMUM. DURÉE : 10 MINUTES/ NIVEAU. AUCUN JET DE SAUVEGARDE.
GHTOUM
EFFET(S) : ON NE PEUT JETER CE SORT QUE SUR UNE SEULE CRÉATURE À LA FOIS. TANT QUE LE SORT EST ACTIF, LES ATTAQUES DU LANCEUR PROVOQUERONT CHEZ SA CIBLE DES DÉGÂTS ADDITIONNELS ÉQUIVALANT, EN TERMES DE POINTS, À 1D6 + LE NIVEAU DU JETEUR DE SORT. DE PLUS, LE "CHASSEUR" REÇOIT UN BONUS DE 4 POINTS POUR L'AIDER À RETROUVER SA PROIE.
PLOTCH
TCHLAC
FIOU
GRRR

GROAAR
VLAN
LUMILIA !!
しゅるん
FWIP

Graisse !!
BLOP
BLOP
BAM
GRAISSE (SORT DE NIVEAU 1).
PROCESSUS D'ACTIVATION : PRONONCIATION, GESTUELLE ET UN BLOC DE GRAISSE (CATALYSEUR).
DISTANCE : 7,5 MÈTRES + 1,5 MÈTRE/NIVEAU.
DURÉE DU SORT : 1 MINUTE/NIVEAU.
AUCUN JET DE SAUVEGARDE.
EFFET(S) : CE SORT RECOUVRE LE SOL D'UNE COUCHE DE GRAISSE DANS UN RAYON DE 3 MÈTRES TOUT AUTOUR DE LA CIBLE. TOUTE CRÉATURE QUI SE TROUVE DANS CE CERCLE, OU QUI Y PÉNÈTRE ULTÉRIEUREMENT, DOIT À TOUT PRIX PROTÉGER SON POTENTIEL "DEXTÉRITÉ". SI ELLE ÉCHOUE, ELLE SE RETROUVE AU SOL, FACE CONTRE TERRE. LES ZONES RECOUVERTES PAR DES COUCHES DE GRAISSE SONT DES TERRAINS DIFFICILEMENT PRATICABLES, OÙ LA VITESSE EST RÉDUITE DE MOITIÉ (CHIFFRE ARRONDI À L'UNITÉ INFÉRIEURE).
FLAP
FLAP

VLAN
PLOF
SPLASH
ビチャ
SPLASH
ビチャ
SLIP
BAOUM

TIP
TAP
ÇA VA ?!
CHARLOTTE EST...
J'AI VU !
!
HA
TAP
BRAOUM
CLING
CLANG
FLOP

HIII
BRR
え……
SMASH
GROAAR

TAC
CLAP
ROLL
ROLL
PLIC
GROAAAAAR
WHOOSH

BRADOUM
FWIP
BAM
FLOTCH
CHTOUM
CHING

VLAN
...
POF
POF
LUMI-
LIA
!!
...
!
CRR
BAM
C'EST
PAS
BON...
CET OGRE
EST BIEN PLUS
FORT QUE LES
AUTRES INDIVI-
DUS DE SON
ESPÈCE !

JE BOUFFE L'ELFE ET JE GARDE LES HUMAINS POUR JOUER AVEC !
MES AMIS ...
JE DOIS LES SAUVER...
BRRR
ぐぐぐっ
ぴちゃ
CLING
PLOC
ポッ
GNH
ぐっ
TOUS LES DEUX !
ポッ
PLOC

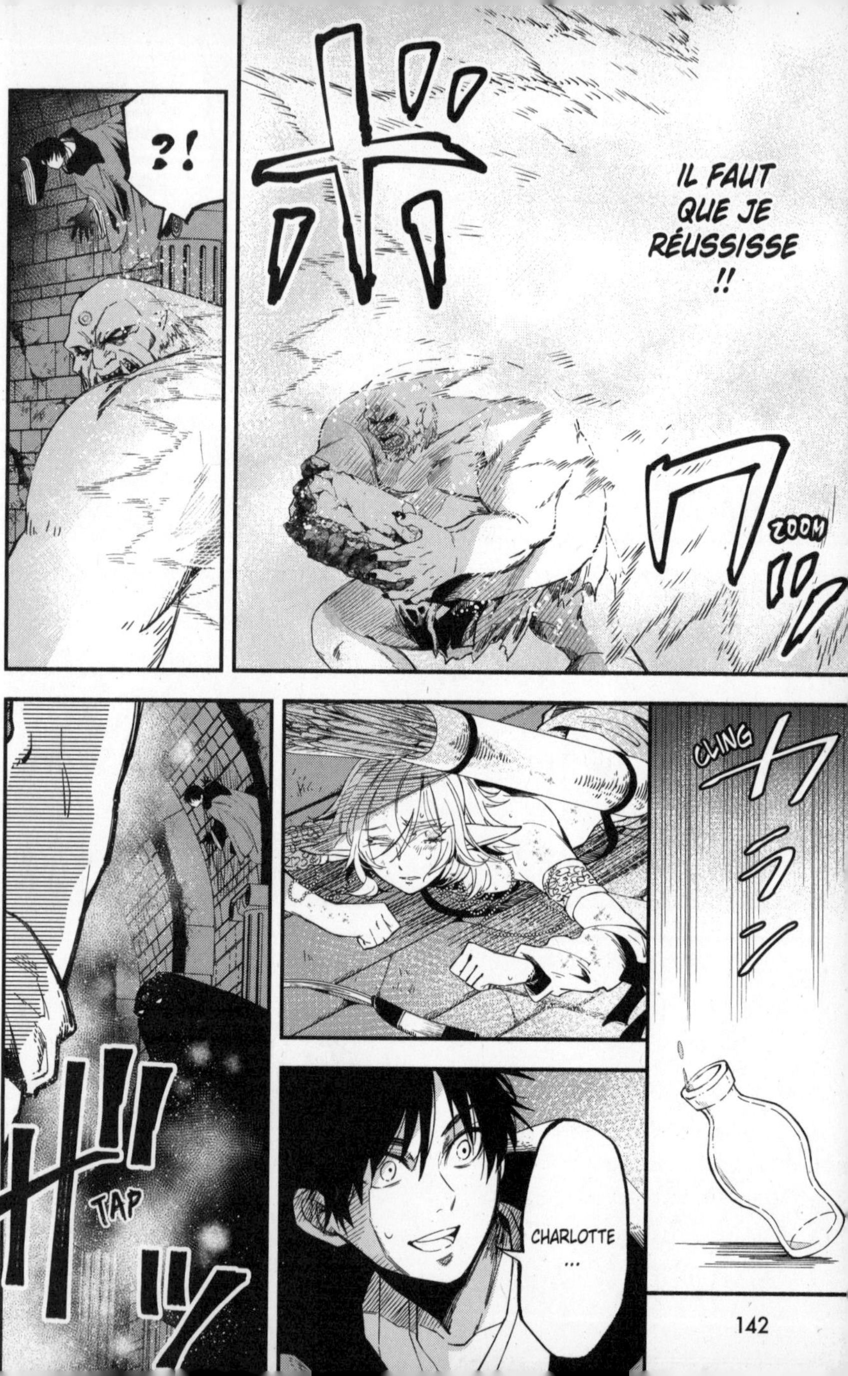
IL FAUT QUE JE RÉUSSISSE !!
ZOOM
?!
CLING
CHARLOTTE ...
TAP

GLOU
"LA FURIE" : ATTAQUE SPÉCIALE DE FLORGAS ET DE SES DISICPLES.
UNE SEULE FOIS PAR JOUR, LES ADEPTES DE FLORGAS, DIEU DE LA FURIE ET DE LA FORGE, PEUVENT RECEVOIR SA PUISSANCE ET ENTRER DANS UN MODE "ENRAGÉ". PENDANT 1D4 TOURS, ILS GAGNENT 2 POINTS BONUS DANS LEURS COMPÉTENCES "FORCE" ET "DEXTÉRITÉ", TANDIS QUE LES DÉGÂTS CAUSÉS PAR LEURS ARMES AUGMENTENT DE 1D6 POINTS.

GROOAR
SCRATCH
L'HU-MAINE !!
FWISH
Faveur divine.

FAVEUR DIVINE (SORT DE NIVEAU 1).
PROCESSUS D'ACTIVATION : PRONONCIATION, GESTUELLE ET UNE RELIQUE RELIGIEUSE (CATALYSEUR). DISTANCE : SUR SON PROPRE CORPS. DURÉE DU SORT : 1 TOUR/NIVEAU. AUCUN JET DE SAUVEGARDE.
EFFET(S) : GRÂCE À CE SORT, LES DÉGÂTS PROVOQUÉS PAR LES ARMES DU CROYANT AUGMENTENT D'UN BONUS SPÉCIAL DE 1D4 POINTS. DE PLUS, IL GAGNE 2 POINTS DE BONUS DANS SA COMPÉTENCE "SAGESSE", AFIN DE SE PRÉMUNIR CONTRE LA "PEUR ET LA PANIQUE".
CLANG
DASH
TCHLAC

GROAAAR
GROAAAR
CLANG
CLANG
CLANG
CLANG
BOUM

CHAUD !! C'EST CHAUD !!
TU VAS ME LE PAYER, L'HU-MAINE ...
GROAAAR
アアアアアア
CHTOUM
ドス
CHTOUM
ドス

ARGH!
ボロ
PLOC
AARGH...
ボロ
PLOC

FRSHHH
TU N'AURAIS JAMAIS DÛ SOUS-ESTIMER UNE FEMME PALADIN !!

QUOI ? DES INTRUS ONT PÉNÉTRÉ DANS LA FORTERESSE ?!
AUX ARMES, MÉCRÉANTS !!
TUEZ-LES ! TUEZ-LES TOUS !
BAM
MAUDITS HUMAINS... SONT-ILS VENUS RÉCUPÉRER LES OTAGES QU'ON AVAIT PRÉVU D'OFFRIR EN SACRIFICE AU DIVIN GARZOMAUG ?
RAAAGH ...

IL Y A DEUX HUMAINS, UN MÂLE ET UNE FEMELLE...
UNE FEMELLE !!
IL Y A UNE FEMELLE !!
ET UNE FEMME ELFE, AUSSI...
HU HU HU...
UNE FEMME ELFE ? C'EST PARFAIT... JE SUIS SÛR QUE NOTRE MAÎTRE GARZOMAUG SERA RAVI !!
COUIC
COUIC
COUIIIC
VLAN
STUPIDES AVENTURIERS ...
PLOC
PLOC
SCRUNCH
SCRUNCH
ILS SONT FAITS COMME DES RATS...
NIARK

Chapitre 17 > Munchkin

ÇA VA, LUMILIA ?
OUI.
...
J'AIMERAIS FOUILLER UN PEU LES ENVIRONS POUR RÉCUPÉRER DES OBJETS UTILES, MAIS IL VAUT MIEUX SE DÉPÊCHER D'AVANCER ...
!

...
ILS ARRIVENT !!
VLAN
HI HI HI HI HI
HÉ HÉ HÉ
HA HA HA HA HA
HA HA HA HA
BAM
BAM
BAM
BAM
BAM
BAM

NIARK
HIHIHI
HAHAHA
MOUAH HAHAHA
NIARK
NIARK
NIARK
BAM
BAM
BAM
BAM
ILS ONT DÉJÀ ÉLIMINÉ LE SOLDAT ZOMBIE ?
PAS LE CHOIX… ON VA DEVOIR SE FORCER UN PASSAGE DANS LE TAS !

CHAR-LOTTE !!
ぶんっ
WHOOSH
ぱしっ
GRAB
AAA-ARGH !!
Tornade dévastatrice !!
ゴオッ
WOUUUH

CHAÎNE À POINTES (+1 POINT) : DÉGÂTS CAUSÉS : 2D4 + 1 POINT.
UNE ARME DE TRÈS HAUTE QUALITÉ, FABRIQUÉE PAR LE MEILLEUR DES FORGERONS. ELLE PERMET D'ATTEINDRE UN ADVERSAIRE SITUÉ DANS UN RAYON DE 3 MÈTRES, CE QUI EST BIEN SUPÉRIEUR À LA MOYENNE. SI LE PERSONNAGE QUI LA MANIPULE EST UN EXPERT, IL PEUT EMPLOYER SA "DEXTÉRITÉ" AU LIEU DE SA "FORCE", LORS DU JET D'ATTAQUE.
KACHING
CHTOUM
CHTOUM
FLOTCH
AAARGH
FLOTCH
POF
POF

SHH
SHH
SHH
LA FURTIVITÉ (COMPÉTENCE DES VOLEURS) :
CEUX QUI LA MAÎTRISENT PEUVENT SE DISSIMULER DANS L'OMBRE ET SE DÉPLACER SANS ATTIRER L'ATTENTION DE LEURS ENNEMIS. POUR PARVENIR À DÉMASQUER UNE PERSONNE FAISANT PREUVE DE FURTIVITÉ, L'ADVERSAIRE DOIT ÊTRE DOUÉ DE "CLAIRVOYANCE", OU AU MOINS D'UNE BONNE "ACUITÉ VISUELLE".
TAC

DOOM
PERSONNE NE GARDE CETTE PORTE...
C'EST CERTAINEMENT UN PIÈGE !

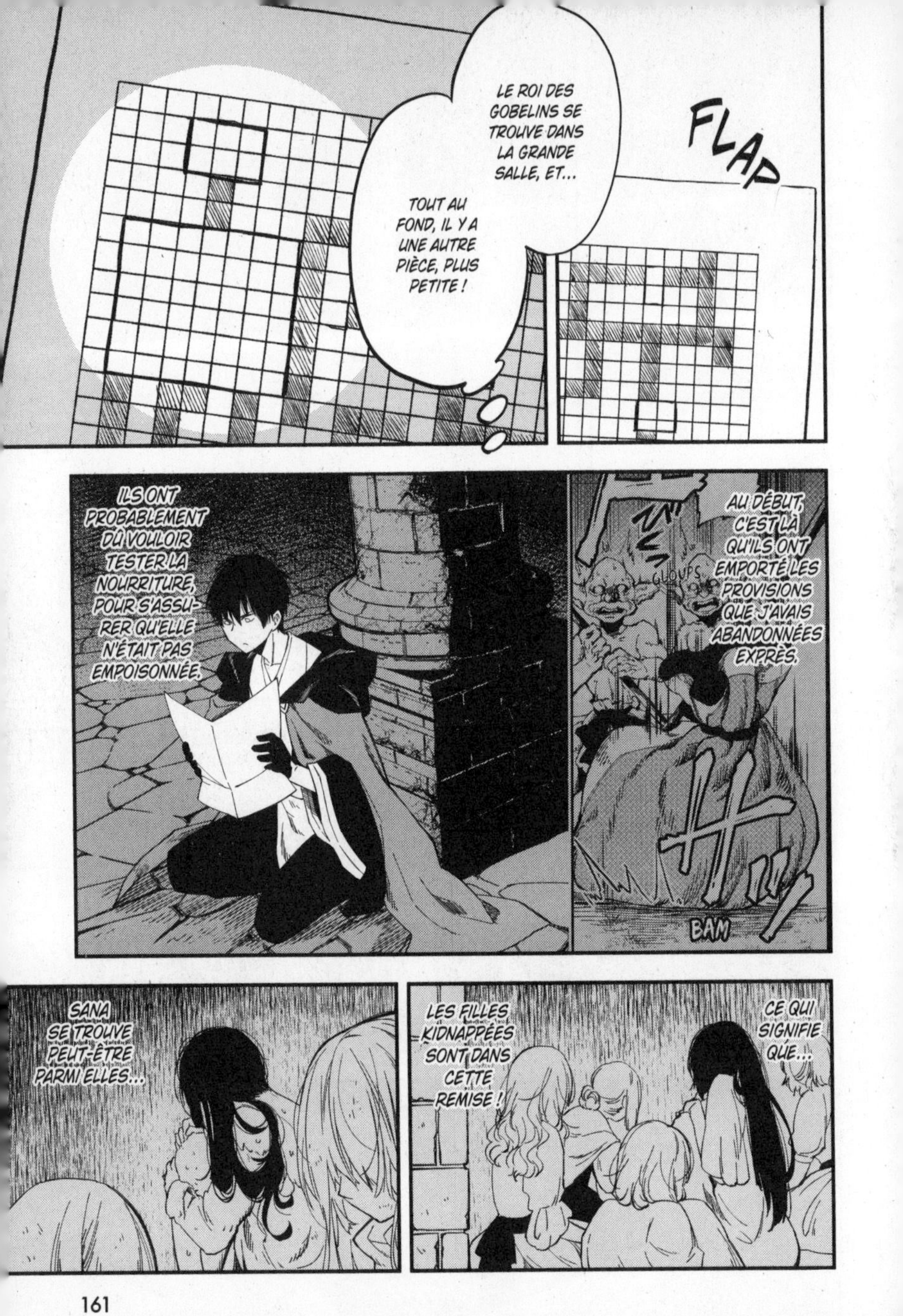
LE ROI DES GOBELINS SE TROUVE DANS LA GRANDE SALLE, ET…
TOUT AU FOND, IL Y A UNE AUTRE PIÈCE, PLUS PETITE !
FLAP
AU DÉBUT, C'EST LÀ QU'ILS ONT EMPORTÉ LES PROVISIONS QUE J'AVAIS ABANDONNÉES EXPRÈS.
GLOUPS
BAM
ILS ONT PROBABLEMENT DÛ VOULOIR TESTER LA NOURRITURE, POUR S'ASSURER QU'ELLE N'ÉTAIT PAS EMPOISONNÉE.
LES FILLES KIDNAPPÉES SONT DANS CETTE REMISE !
CE QUI SIGNIFIE QUE…
SANA SE TROUVE PEUT-ÊTRE PARMI ELLES…

DASH
GRR
VLAN

Détection du mal !
POF
BAM
ZOOM
PLIC
PLIC

DÉTECTION DU MAL (SORT DE NIVEAU 1).
PROCESSUS D'ACTIVATION : PRONONCIATION ET GESTUELLE.
DISTANCE : 18 MÈTRES.
DURÉE DU SORT : 1 MINUTE/NIVEAU (CONCENTRATION NÉCESSAIRE).
PLIC
PLIC
EFFET(S) : LA PERSONNE QUI LANCE CE SORT EST CAPABLE DE PERCEVOIR LE HALO NÉFASTE DÉGAGÉ PAR TOUTES LES FORMES DU MAL (CRÉATURES, OBJETS, SORTS) SE TROUVANT DANS CE PÉRIMÈTRE DÉLIMITÉ. ELLE PEUT AINSI LES LOCALISER AVEC PLUS OU MOINS DE PRÉCISION.
JE M'EN DOUTAIS...
ZOOM

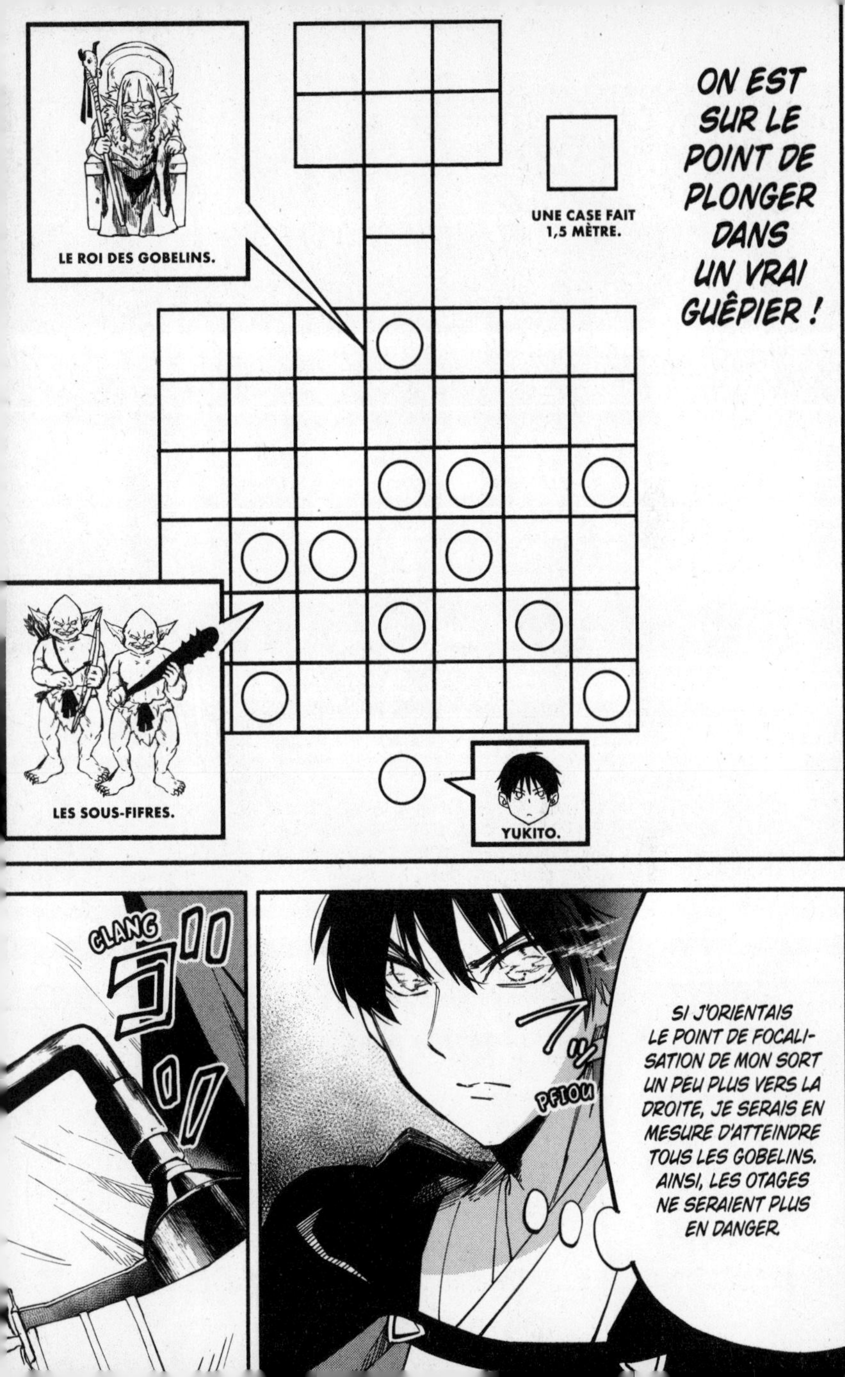
ON EST SUR LE POINT DE PLONGER DANS UN VRAI GUÊPIER !
UNE CASE FAIT 1,5 MÈTRE.
LE ROI DES GOBELINS.
LES SOUS-FIFRES.
YUKITO.
SI J'ORIENTAIS LE POINT DE FOCALISATION DE MON SORT UN PEU PLUS VERS LA DROITE, JE SERAIS EN MESURE D'ATTEINDRE TOUS LES GOBELINS. AINSI, LES OTAGES NE SERAIENT PLUS EN DANGER.
PFIOU
CLANG

HIN HIN HIN...
ILS ARRIVENT !!
NOS FUTURES PROIES SERONT BIENTÔT LÀ !
STUPIDES AVENTU-RIERS !

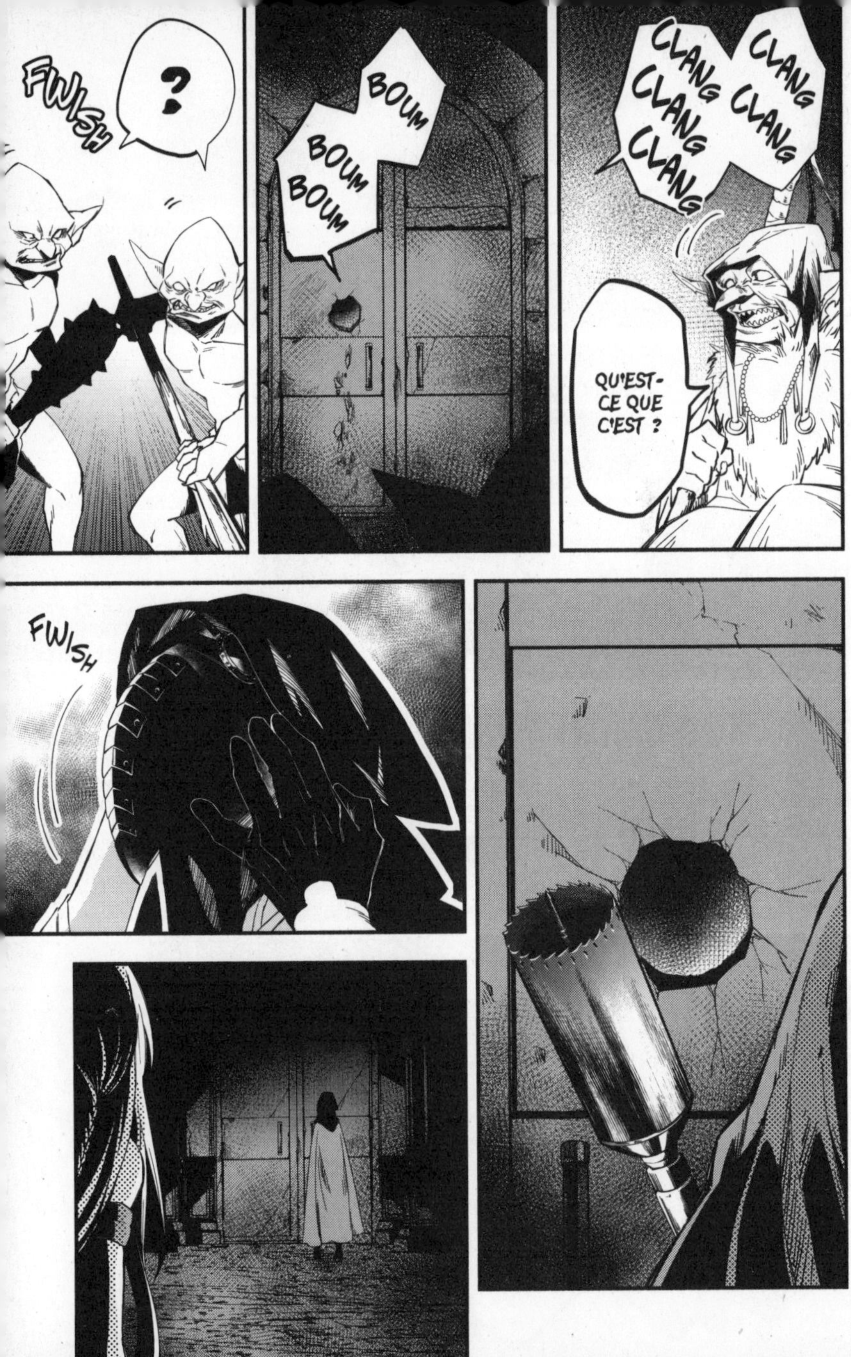
CLANG CLANG
CLANG CLANG CLANG CLANG
QU'EST-CE QUE C'EST ?
BOUM
BOUM BOUM BOUM
FWISH
?
FWISH

?!
HIC
FWISH
CECI EST UN PARCHEMIN DE SORT DE NIVEAU 3 ! IL M'EST TRÈS PRÉCIEUX...
POUF
Nuage de poison !!
!

FSHHH
NUAGE DE POISON (SORT DE NIVEAU 3).
PROCESSUS D'ACTIVATION : PRONONCIATION. DISTANCE : 30,5 MÈTRES + 3,5 MÈTRES/NIVEAU. DURÉE DU SORT : 1 MINUTE/NIVEAU. JET DE SAUVEGARDE : ENDURANCE (SPÉCIALITÉ).
EFFET(S) : CE SORT FAIT APPARAÎTRE UN NUAGE TOXIQUE CAPABLE DE SE DIFFUSER SUR UN RAYON DE 9 MÈTRES, BLESSANT MORTELLEMENT TOUTES LES CRÉATURES DE NIVEAU 2 OU INFÉRIEUR (SANS POSSIBILITÉ DE JET DE SAUVEGARDE). LES ÊTRES DE NIVEAU 3 ET PLUS AYANT RÉUSSI LEUR JET DE SAUVEGARDE SUBISSENT QUAND MÊME DES DÉGÂTS ÉQUIVALANT À 1D8, SOIT ENTRE 1 ET 8 POINTS À CHAQUE TOUR.
BEUA-AAA-ARGH !!
KOF KOF...
DU POISON ! C'EST UN NUAGE MAGIQUE EMPOI-SONNÉ !
HIIIII
HIIIII
AAA-RGH ...

LES INTRUS ! ILS SONT JUSTE DERRIÈRE LA GRANDE PORTE ! MASSACREZ-LES !
KOF
KOF
WHOOSH
FLAP
FLAP
CLOC
Verrou !

VERROU (SORT DE NIVEAU 1). PROCESSUS D'ACTIVATION : PRONONCIATION, GESTUELLE ET DU FIL DE FER (CATALYSEUR). DISTANCE : 1,5 MÈTRE. DURÉE DU SORT : INSTANTANÉE.
EFFET(S) : CE SORT PERMET DE SCELLER PAR LA MAGIE N'IMPORTE QUELLE PORTE, COFFRE AU TRÉSOR, VASE ET AUTRE RÉCIPIENT DE TOUTE SORTE. POUR DÉVERROUILLER L'OBJET EN QUESTION, LE PERSONNAGE DEVRA MAÎTRISER L'ART DE "FORCER LES SERRURES" (LA DIFFICULTÉ DE LA TÂCHE DÉPENDRA DE SON NIVEAU), OU BIEN ÊTRE CAPABLE DE LANCER LE SORT DE "DÉVERROUILLAGE", OU ENCORE SE CONTENTER DE BRISER LE CONTENANT.
CLANG
LA PORTE ! ELLE NE S'OUVRE PAS !
BANG
BANG
ON EST BLOQUÉS !!
BANG
BANG
BANG

BANG
BANG
OUVREZ !!
BANG
BANG
LAISSEZ-NOUS SORTIR !
ARGH!
BOUM
BANG
HAA... HAA...

OUVR...
BANG
BANG
BONG
...
!
TAP
BAM
BAM
CHUUT
C'EST BIENTÔT FINI...
HAA...

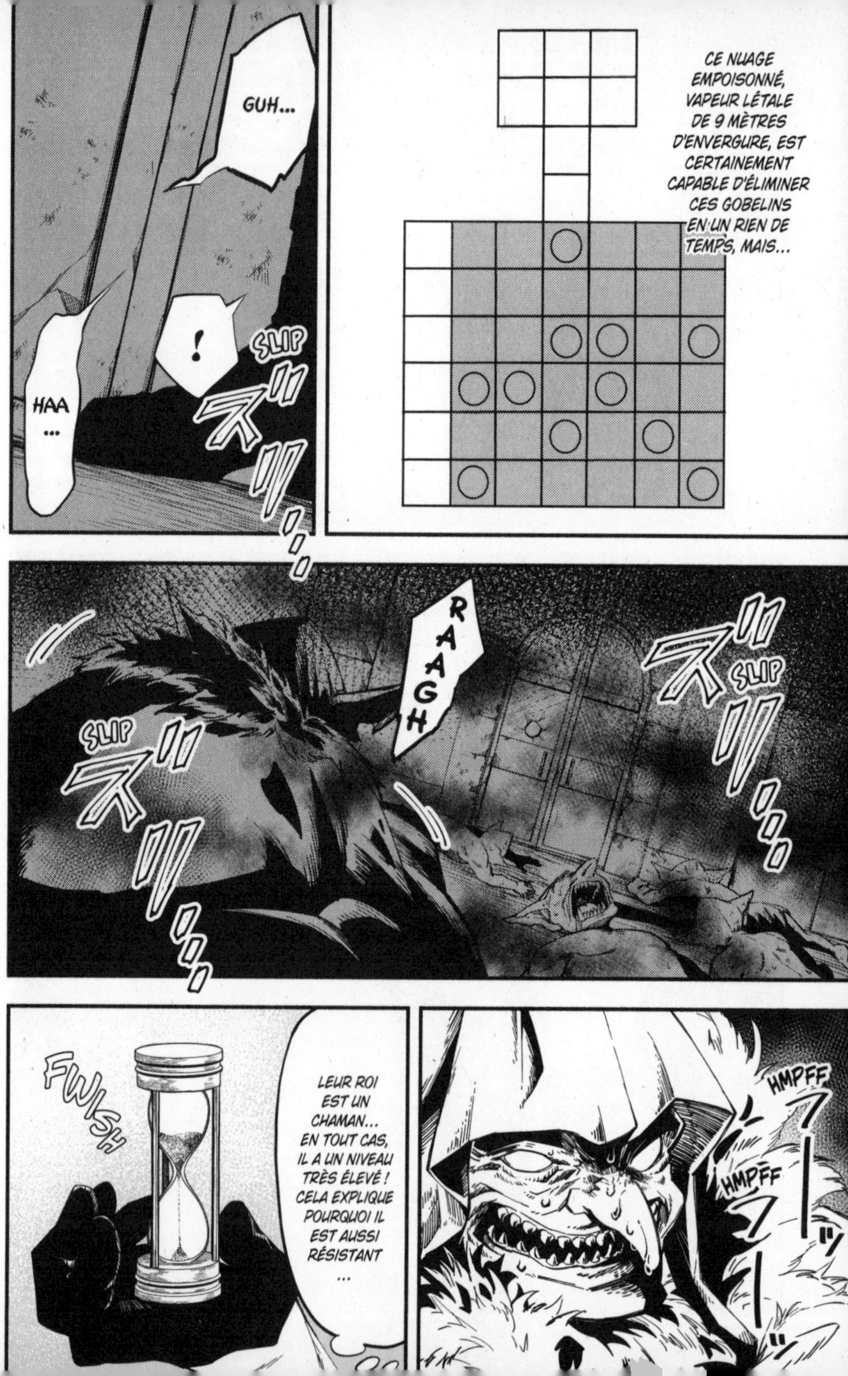
CE NUAGE EMPOISONNÉ, VAPEUR LÉTALE DE 9 MÈTRES D'ENVERGURE, EST CERTAINEMENT CAPABLE D'ÉLIMINER CES GOBELINS EN UN RIEN DE TEMPS, MAIS...
GUH...
!
SLIP
HAA...
RAAGH
SLIP
SLIP
HMPFF
HMPFF
LEUR ROI EST UN CHAMAN... EN TOUT CAS, IL A UN NIVEAU TRÈS ÉLEVÉ ! CELA EXPLIQUE POURQUOI IL EST AUSSI RÉSISTANT ...
FWISH

ES-PÈCE ...
DE SALES... LÂCHES !!
TRI-CHEURS ...
MÉ-CRÉANTS ...
GRRR !!
MAUDITS MUNCH-KINS !

LÂCHES !!
TROUIL-LARDS !!
SOUR-NOIS !!
VICIEUX !!
PERVERS !!
BANDITS !!

CA-
NAILLES
!!
MÉPRI-
SABLES
!!
DÉGON-
FLÉS
!!
MUNCH-
KINS
!!

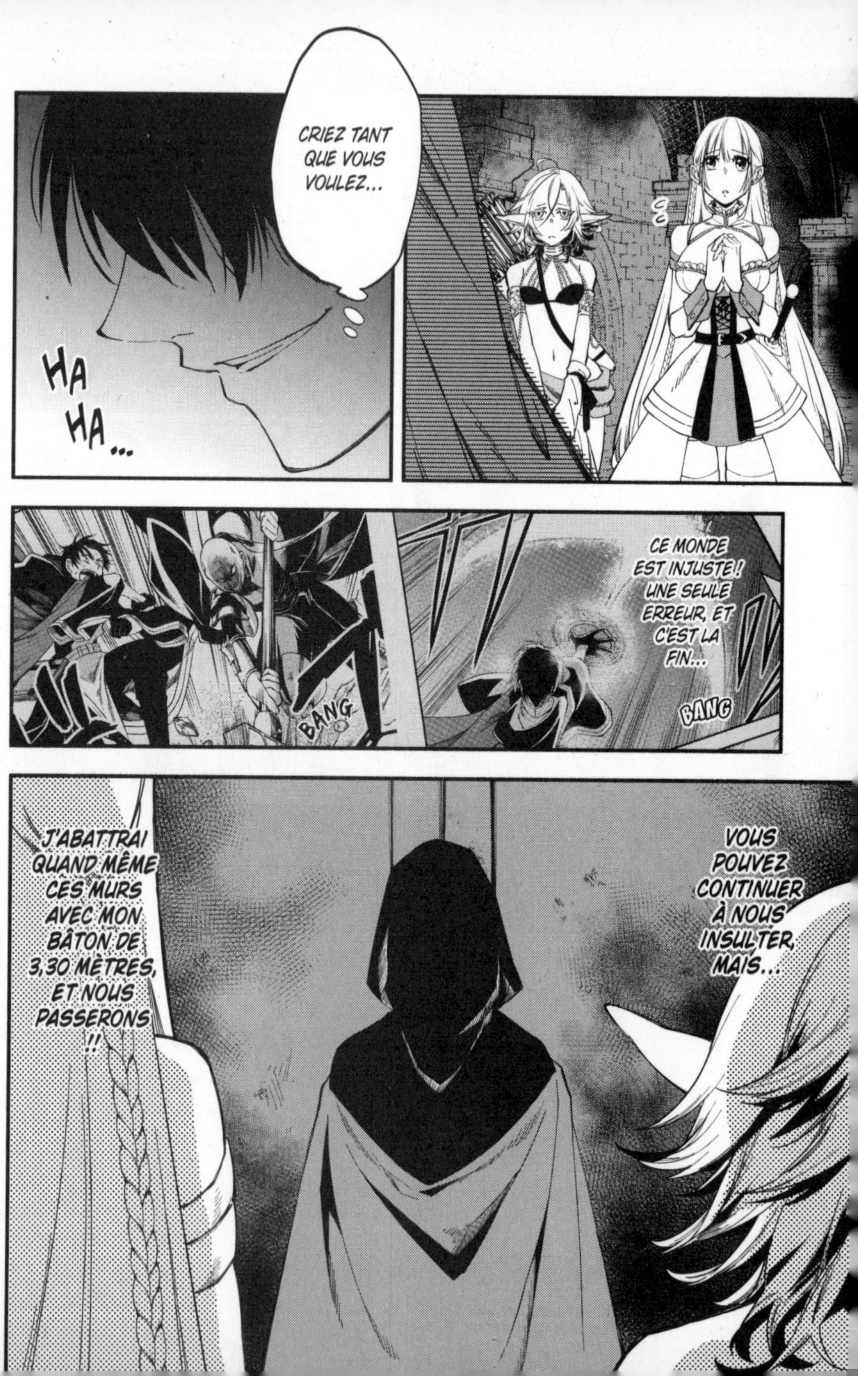
CRIEZ TANT QUE VOUS VOULEZ...
HA HA...
CE MONDE EST INJUSTE ! UNE SEULE ERREUR, ET C'EST LA FIN...
BANG
BANG
VOUS POUVEZ CONTINUER À NOUS INSULTER, MAIS...
J'ABATTRAI QUAND MÊME CES MURS AVEC MON BÂTON DE 3,30 MÈTRES, ET NOUS PASSERONS !!

ISEKAI MUNCHKIN

CETTE HISTOIRE SE PASSE QUELQUES HEURES AVANT LE DÉBUT DU CHAPITRE 11, INTITULÉ "UNE DISCUSSION AUTOUR DE LA DIVINITÉ".
TIENS ! C'EST POUR TOI !
QU'EST-CE QUE C'EST ?
UNE CRÊPE ! TU VAS VOIR, C'EST DÉLICIEUX !!
ÇA A L'AIR COMPLIQUÉ À MANGER, MAIS...
GRAB
DRIP
DRIP
J'AIME BIEN, EN FAIT.
C'EST SUCRÉ...
SCRUNCH
SCRUNCH
TANT MIEUX.

LUMILIA ! C'EST LA PREMIÈRE FOIS QUE TU VOIS UNE GRANDE VILLE, N'EST-CE PAS ?
QUAND J'AI DIT À YUKITO QUE JE VOULAIS TE MONTRER PLEIN DE BELLES CHOSES, IL M'A AUTORISÉE À T'EMMENER ICI.
HIER SOIR, J'AI BEAUCOUP APPRIS SUR LA FAÇON DE DÉPENSER SON ARGENT, ALORS JE PENSE QU'IL N'Y AURA PAS DE PROBLÈME !!
LA PREUVE, J'AI MÊME RÉUSSI À ACHETER UNE CRÊPE !
LA FILLE TROP SÛRE D'ELLE !
SCRUNCH
SCRUNCH
ALLEZ ! ON PASSE À UNE AUTRE BOUTIQUE !
FRR
ON A BEAUCOUP DE CHOSES À FAIRE, ALORS JE VEUX QUE VOUS SOYEZ RENTRÉES AVANT MIDI !
JE LES AVAIS PRÉVENUES, ET POURTANT...
ZIEUTE
ON NE FIXE PAS LES GENS COMME ÇA !

ELLES NE SAVENT ABSOLUMENT PAS SE TENIR EN SOCIÉTÉ… POURQUOI JE NE LES AI PAS ACCOMPAGNÉES ? NON MAIS, QUEL IDIOT !
MAIS TOUT BIEN RÉFLÉCHI…
ELLES N'ONT QUE 17 POINTS DE CHARISME CHACUNE, ÇA CRAINT…
ON DIRAIT QU'ELLES N'ONT PAS CONSCIENCE DU DANGER QUI LES ENTOURE… NON MAIS, SÉRIEUSEMENT ?!
BAM

CLING
AÏE AÏE AÏE !!
GRAND FRÈRE ! ÇA VA ?!
BRR
HÉ ! TOI, LÀ ! TU M'AS DÉGLINGUÉ L'ÉPAULE, EN ME BOUSCULANT ! TU PEUX PAS FAIRE ATTENTION ?
FILE-MOI 100 PIÈCES D'OR POUR QUE JE PUISSE ME SOIGNER !!
ELLE S'EST FAIT ALPAGUER PAR UN ARNAQUEUR ...
ÇA SENT PAS BON POUR ELLE...
BON ! C'EST VRAI QU'ON EN TROUVE PARTOUT, DES INDIVIDUS DE CE GENRE.

BRR
JE... JE SUIS VRAIMENT DÉSOLÉE !
JE NE L'AI PAS FAIT EXPRÈS...
ほっ
BLUSH
T'ES DÉSOLÉE, HEIN ?
ALORS, DÉPÊCHE-TOI FILER LE FRIC, DANS CE CAS.
CES MECS NE SONT PAS DES MONSTRES À ÉLIMINER, MAIS ILS RISQUENT TOUT DE MÊME DE NOUS CAUSER DES SOUCIS !
すっ
FWISH
JE VAIS UTILISER LE SORT "REPOS" POUR LES NEUTRALISER COMME ÇA, ON AURA LE TEMPS DE S'ENFUIR... HEIN ?
じっ
ZIEUTE
TAP
TAP

TON ÉPAULE N'EST MÊME PAS CASSÉE ...
GRR
SALE MENTEUR !
BLUSH
QUOI ? C'ÉTAIT DE LA COMÉDIE ?!
EN TANT QUE PALADIN, JE NE TOLÈRE PAS QUE L'ON TENTE DE DUPER LES HONNÊTES GENS !
QU'EST-CE QUE TU ME CHANTES, TOI ? JE TE SIGNALE QUE TU M'AS VRAIMENT BOUSCULÉ !

MAIS... C'EST QUE...
FAUX ! C'EST TOI QUI L'AS COGNÉE AVEC TON ÉPAULE !
TOUT LE MONDE T'A VU ! PAS VRAI ?
BUNK
BUNK
BUNK
JE CROIS QUE LA PETITE A RAISON ...
BLA
C'EST L'AUTRE ENRAGÉ QUI A TOUT MANIGANCÉ, DEPUIS LE DÉBUT !
BLA
QUEL CHARLATAN !
MOI, JE LES TROUVE MIGNONNES, CES DEMOISELLES !
BLA
LA FERME !!
VLAN
ARRÊTE DE JACASSER ET ABOULE LE FLOUZE !!
!
CATACLOP
CATACLOP

ROSINANTE !!
CLOP
IL VEUT QUOI, CE PONEY...
ARGH!
ぺちん
BASH
GRAND FRÈRE !!
BOUM

FRR FRR
MERCI, ROSINANTE !
MAIS, QU'EST-CE QUE TU FAIS ICI ?
PARDON, C'EST DE MA FAUTE ! J'ÉTAIS EN TRAIN DE LA PROMENER, LORSQU'ELLE S'EST EMBALLÉE… ELLE A DÛ ENTENDRE LE RAFFUT, JE SUPPOSE.
TAP
YUKITO ! ET…
MONSIEUR LE PALE-FRENIER …
ET TOI, YUKITO ? POURQUOI T'ES ICI ?
MOI AUSSI, JE ME BALA-DAIS POUR ME CHANGER LES IDÉES.
CES FILLES SONT COMPLÈTEMENT INADAPTÉES À LA VIE EN SOCIÉTÉ !
HAA…
À PLUS TARD, ROSINANTE.
HIII
PFF…
VOILÀ CE QUI ARRIVE, LORSQU'ON SORT EN VILLE AVEC SEULEMENT 17 POINTS DE CHARISME ET QU'ON A ABSOLUMENT AUCUNE IDÉE DE COMMENT FONC-TIONNE LE MONDE…

Isekai Munchkin - Fin du tome 3.

DELCOURT TONKAM

ISEKAI MUNCHKIN

Volume 03

First published in Japan in 2020 by Kodansha Ltd., Tokyo
Publication rights for this French edition arranged through Kodansha Ltd.

Directeur de collection : Pascal Lafine
Supervision éditoriale : Justine Bouzid & Céline Ruaux
Suivi éditorial : Audrey St-Amour Coulombe
Traduction & adaptation : Josua Lafitte
Lettrage : Isabelle Bovey
Conception graphique :
Studio Delcourt/Studio - Yao

2024 Groupe Delcourt pour la présente édition.
Dépôt légal : mai 2024
ISBN : 978-2-413-07933-0

Imprimé et relié en avril 2024
par L.E.G.O.S.p.A. Lavis (TN), en Italie.

Groupe Delcourt
6-8, rue Léon Jouhaux 75010 Paris

www.editions-delcourt.fr

ISEKAI MUNCHKIN

Glossaire

Alignement
Catégorie résumant le point de vue d'un personnage sur la vie, ses valeurs morales (celles du bien et du mal, le respect de la loi ou l'attachement au choix individuel, etc.).

Amor Class (AC)
Désigne les points de défense.

Bonus d'altération
Ajustement positif ou négatif apporté à une caractéristique ou un talent, allant de -5 à +5 et s'ajoutant aux jets d'attaque et de dégât de l'utilisateur.

Cantrip
Mot d'origine écossaise désignant un type de sort mineur, en général le plus faible et le plus facile à apprendre.

Jet de sauvegarde
Dans les jeux de rôle, on lance un dé pour déterminer si la magie, le poison ou divers autres types d'attaque sont efficaces contre un personnage ou un monstre. Lorsqu'on est soumis à une attaque magique ou inhabituelle, on a droit à un jet de sauvegarde pour l'annuler ou amoindrir ses effets. Il existe trois types de jets de sauvegarde : de réflexe, de vigueur et de volonté.

HP
"Point de vie" en français. Sert à déterminer l'état de santé d'un personnage. Pour générer du hasard lors d'un jeu sur table, on lance des dés et on additionne le résultat. On utilise généralement la notation nDf + m, où "n" correspond au nombre de dés à lancer, "D" aux dés, "f" au type de dés (nombre de faces) et "m" étant un éventuel modificateur. Par exemple, "1 D 8" signifie donc le jet d'un seul dé à huit faces.

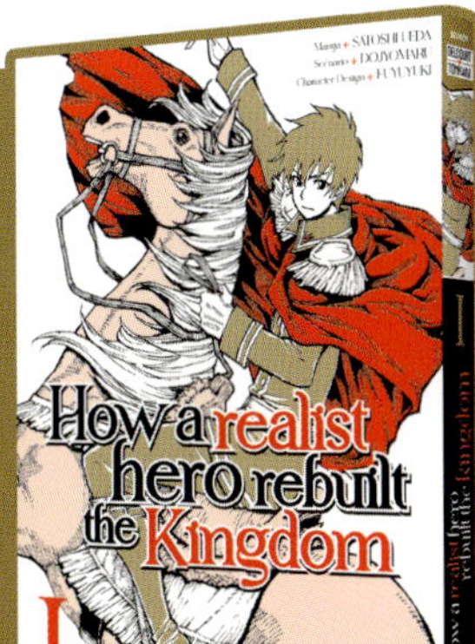
Manga SATOSHI UEDA
Scenario DOJYOMARU
Character Design FUYUYUKI
How a realist hero rebuilt the Kingdom
I
DELCOURT TONKAM

DESTIN
FEMMES
1
LÉON VA TOUT FAIRE POUR METTRE FIN AUX INJUSTICES FAITES AUX HOMMES.
Léon est réincarné dans un otome game. Dans ce monde, contrôlé par les femmes, les hommes n'ont aucun pouvoir, aucune possession et dépendent de leur mère ou de leur femme. Seule exception, un groupe de beaux jeunes hommes dirigés par le prince. Opprimé et désespéré, Léon va alors utiliser les connaissances de son ancienne vie pour se rebeller contre ce système.
SÉRIE À DÉCOUVRIR CHEZ DELCOURT/TONKAM
Anime disponible sur crunchyroll

3

ISEKAI MUNCHKIN

MANGA MAKOTO AOGIRI YU SHIMIZU SCÉNARIO

DELCOURT TONKAM

ISEKAI / FANTASY